BIOGRAFIAS — MEMÓRIAS — DIÁRIOS — CONFISSÕES
ROMANCE — CONTO — NOVELA — FOLCLORE
POESIA — HISTÓRIA

1. MINHA FORMAÇÃO — Joaquim Nabuco
2. WERTHER (Romance) — Goethe
3. O INGÊNUO — Voltaire
4. A PRINCESA DE BABILÔNIA — Voltaire
5. PAIS E FILHOS — Ivan Turgueniev
6. A VOZ DOS SINOS — Charles Dickens
7. ZADIG OU O DESTINO (História Oriental) — Voltaire
8. CÂNDIDO OU O OTIMISMO — Voltaire
9. OS FRUTOS DA TERRA — Knut Hamsun
10. FOME — Knut Hamsun
11. PAN — Knut Hamsun
12. UM VAGABUNDO TOCA EM SURDINA — Knut Hamsun
13. VITÓRIA — Knut Hamsun
14. A RAINHA DE SABÁ — Knut Hamsun

O INGÊNUO

Vol. 3

Capa
Cláudio Martins

Tradução
Miroel Silveira

EDITORA ITATIAIA
BELO HORIZONTE
Rua São Geraldo, 53 — Floresta — Cep. 30150-070
Tel.: 3212-4600 — Fax: 3224-5151
e-mail: vilaricaeditora@uol.com.br
Home page: www.villarica.com.br

Voltaire

O INGÊNUO

EDITORA ITATIAIA
Belo Horizonte

2004

Direitos de Propriedade Literária adquiridos pela
EDITORA ITATIAIA
Belo Horizonte

Impresso no Brasil
Printed in Brazil

ÍNDICE

História Verídica Tirada dos Manuscritos
do Padre Quesnel 1767 — 9

O Hurão, Cognominado "O Ingênuo",
é Reconhecido pelos seus Parentes — 16

O Ingênuo se Converte — 20

O Batismo do Ingênuo — 23

O Ingênuo Apaixonado — 26

O Ingênuo vai à Casa de sua Amada
e fica Furioso — 30

O Ingênuo Combate Contra os Ingleses — 33

O Ingênuo vai a Corte. Em Caminho
Ceia com Huguenotes — 36

A Chegada do Ingênuo a Versalhes — 38

O Ingênuo Encerrado na Bastilha com
um Jansenista — 42

De Como o Ingênuo Desenvolve a
Inteligência — 47

A Opinião do Ingênuo sobre as
Peças de Teatro — 50

A Bela Saint-Yves vai a Versalhes — 52

Progressos Intelectuais do Ingênuo — 57

A Bela Saint-Yves Resiste a
Certas Propostas — 59

Ela Consulta um Jesuíta — 62

Ela Sucumbe por Virtude — 64

Ela Liberta o Amante e um Jansenista — 66

O Ingênuo, A Bela Saint-Yves e seus
Parentes se Reúnem — 70

A Bela Saint-Yves Morre, e o que
disso Resulta — 77

HISTÓRIA VERÍDICA TIRADA
DOS MANUSCRITOS DO
PADRE QUESNEL 1767

DE COMO O PÁROCO DE NOSSA-SENHORA-DA-MONTANHA E A SENHORITA SUA IRMÃ FICARAM CONHECENDO UM HURÃO

São Dunstan, irlandês por nascimento e santo por profissão, saiu um dia de sua terra e tomou uma pequena montanha, que navegou em direção à costa francesa, onde ancorou na baía de Saint-Malô. Assim que pisou em terra firme deu bênção à montanha, que lhe fez profundas reverências e voltou à Irlanda pelo mesmo caminho. Dunstan fundou uma paróquia nessas bandas, que denominou "priorado da Montanha", nome que conserva até hoje.

Na tarde do dia 15 de julho de 1689 o reverendo de Kerkabon, prior de Nossa-Senhora-da-Montanha, tomava o fresco na praia com sua irmã, a senhorita de Kerkabon. O pároco, já um tanto idoso, era ótimo clérigo, muito amado pelos vizinhos, depois de o ter sido, em outros tempos, pelas vizinhas.

O que principalmente lhe granjeou maior consideração foi o fato de ser o único dos padres da região que não se precisava levar para a cama depois de uma ceia. Sabia decentemente a sua teologiazinha, e, quando estava farto de ler Santo Agostinho, divertia-se com Rabelais: eis por que todos gostavam dele.

A senhorita de Kerkabon, que, se nunca se casara não fora por falta de vontade, conservava ainda certa frescura, apesar dos seus quarenta e cinco outonos. Bondosa e sensível, era muito devota e adorava os prazeres. Olhando o mar, o pároco ia dizendo:

— Foi aqui que embarcou o nosso pobre irmão com sua mulher, na fragata"Andorinha", para servir no Canadá em 1669. Se ele não tivesse morrido, ainda poderíamos alimentar a esperança de o rever.

— Você acredita que a nossa cunhada tenha sido comida pelos iroqueses, como nos disseram? É verdade que, se não houvesse sido devorada, teria voltado para cá. Hei de chorá-la a vida inteira: era encantadora! E o nosso irmão, se vivesse, coitado! Já estaria rico à custa da sua inteligência.

Quando já iam ficando comovidos por estas recordações, viram entrar na baía de Rance uma pequena embarcação que aproveitava a maré: trazia ingleses que vinham vender mercadorias do seu país. Desceram em terra, sem olhar o prior nem a senhorita sua irmã, que ficou chocadíssima com essa falta de atenção à sua pessoa.

O mesmo não fez um moço bem posto, que, saltando por cima dos companheiros, se encontrou frente a frente com a senhorita de Kerkabon. Dirigiu-lhe breve sinal com a cabeça, naturalmente por não conhecer as reverências de praxe. Seu rosto e suas roupas deixaram os dois irmãos, intrigados: não trazia nem chapéu, nem meias, calçava sandálias e vestia gibão; o corpo era fino e desenvolto; a cabeça, cercada por longas tranças, tinha expressão marcial e afável. Levava nas mãos uma garrafinha de água das Barbadas e uma espécie de bolsa, dentro a qual havia um copo e biscoitos. Falava o francês de maneira inteligível. Ofereceu a água das Barbadas à senhorita de Kerkabon e ao reverendo seu irmão, bebendo com eles. Insistiu ainda para que repetissem, com maneiras tão simples e naturais, que os cativou.

Os irmãos ofereceram seus préstimos, e lhe perguntaram quem era, e para onde ia. O rapaz respondeu que não tinha rumo certo, que era apenas um curioso que desejara conhecer a França, e que, assim como viera, ia voltar.

O prior, notando pelo acento que ele não era inglês, tomou a liberdade de perguntar-lhe qual o seu país de origem. Respondeu-lhe o rapaz:

— Sou hurão.

A senhorita de Kerkabon, entusiasmada por ter encontrado um hurão que lhe fizera gentilezas, convidou-o para jantar. O moço não se fez de rogado, e acompanhou-os ao priorado de Nossa-Senhora-da-Montanha.

No caminho, a gorda virgem ia comendo o rapaz com os olhinhos, e soprava de vez em quando ao prior:

— Mas que linda carnação tem este moço! Sua pele é toda lírio e rosas, incrivelmente bonita para um hurão!

— Com efeito, minha irmã, com efeito.

E ia fazendo cem perguntas consecutivas, às quais o viajante respondia sempre com acerto.

Logo se espalhou a notícia de que havia um hurão no priorado. Toda a sociedade do cantão se apressou para conhecê-lo. Ao jantar compareceram o pároco de Saint-Yves com sua irmã, formosa e prendada jovem da Baixa-Bretanha, o juiz e o coletor com sua respectivas esposas. Colocaram o estrangeiro entre as senhoritas de Kerkabon e de Saint-Yves. Todos o olhavam, admirados, interrogando-o ao mesmo tempo; o hurão nem se perturbava. Parecia ter tomado como divisa a de Lord Bolingbroke: "Nihil admirare". Mas afinal, atormentado por tanto barulho, disse-lhes calmamente, mas com energia:

— Meus senhores: na minha terra cada um fala por sua vez; como é possível responder, se vós mesmos me impedis que vos escute?

A razão faz sempre com que os homens caiam em si por alguns momentos: fez-se grande silêncio. O magistrado, que costumava monopolizar os estrangeiros, estivesse onde estivesse, e que era o maior perguntador de toda a província, perguntou-lhe, abrindo a boca apenas pela metade:

— Qual é a sua graça?

— Sempre me chamaram Ingênuo, e esse nome me foi confirmado na Inglaterra, porque digo sempre candidamente o que penso, e faço tudo o que desejo.

— E como foi que, tendo nascido na América, pôde o senhor vir até à Inglaterra?

— É que me trouxeram para cá. Aprisionaram-me num combate, depois de me haver defendido com denodo. E como os ingleses, que prezam a bravura porque são tão corajosos e leais quanto nós, me propusessem devolver-me aos meus pais ou acompanhá-los, optei por esta última solução, pois adoro viajar.

O juiz censurou, com seu arzinho imponente:

— Mas como é que foi abandonar assim pai e mãe?

— Já não tenho mais pai nem mãe.

Todos se comoveram, e repetiam: "nem pai nem mãe!"

Afinal, a senhorita de Kerkabon afirmou, olhando para o irmão:

— Nós lhe serviremos de pais, não é? Como é interessante este senhor hurão!

O Ingênuo agradeceu com altiva e nobre cordialidade, fazendo-lhes sentir que não necessitava coisa alguma.

Mas o magistrado não perdia tempo:

— Noto que o senhor fala francês muito melhor do que se poderia esperar de um hurão.

— Foi um francês que aprisionamos na Hurônia, quando eu ainda era adolescente e que se tornou meu amigo, quem me ensinou o seu idioma. Aprendo sempre depressa o que desejo saber. Ao chegar em Plymouth encontrei um desses franceses refugiados, que chamais de huguenotes, não sei por que; com ele ainda aumentei meus conhecimentos da língua, e assim que pude expressar-me de modo inteligível, vim conhecer este país, pois aprecio imensamente os franceses, quando não perguntam demais.

O reverendo de Saint-Yves, apesar deste pequeno aviso, perguntou-lhe qual das três línguas preferia: a hurona, a inglesa ou a francesa.

— A hurona, sem dúvida alguma.

A senhorita de Kerkabon estranhou:

— Sempre pensei que o francês fosse o mais lindo de todos os idiomas, depois do baixo-bretão, é claro.

Depois não pararam mais de perguntar ao Ingênuo palavras em hurão:

— Como se diz tabaco na sua língua?

— Taya.

— E comer?

— Essenten.

A senhorita de Kerkabon fez absoluta questão de saber como se dizia amar. O Ingênuo respondeu pacientemente:

— Trovander.

E sustentou, com todas as aparências de razão, que essas palavras valiam bem as suas correspondentes francesas e inglesas. "Trovander" obteve a simpatia unânime dos convivas.

O prior, que possuía na biblioteca a gramática hurona, presenteada pelo famoso missionário franciscano Sagar Theódat, levantou-se um instante da mesa para consultá-la. Voltou ofegante de alegria e de ternura: verificara que o Ingênuo era hurão de verdade!

Discutiu um pouco sobre a multiplicidade das línguas, e todos acabaram concordando em que, se não fosse o episódio da torre de Babel, na terra inteira só se falaria o francês.

O magistrado perguntador, que até então estivera de pé atrás com o viajante, começou a sentir profundo respeito por ele. Falava-lhe com mais civilidade do que anteriormente, ao que o Ingênuo nem sequer deu atenção.

A senhorita de Saint-Yves estava ansiosa por saber como é que se fazia a corte na terra dos hurões. O Ingênuo informou:

— Praticando belas ações, a fim de agradar à criaturas encantadoras como vós.

Todos os convivas aprovaram, meio surpresos. A senhorita de Saint-Yves corou, satisfeita. A senhorita de Kerkabon também corou, mas não ficou tão contente; sentia-se magoada por não ter sido dirigido a ela o galanteio; mas era tão bondosa que isso não diminuiu seu afeto pelo hurão. Perguntou-lhe, com muita meiguice, quantas amantes tivera na Hurônia.

— Apenas uma, que era a melhor amiga da minha querida ama. Chamava-se Abacabá, e os juncos não são mais retos, nem o arminho mais alvo, nem os carneiros mais calmos, nem as águias mais altivas, nem os veados mais ágeis do que ela. Um dia ela estava perseguindo uma lebre nas redondezas, a cinqüenta léguas da nossa casa, mais ou menos. Um algonquino mal educado, que morava cem léguas adiante, tentou pegar a sua lebre: sabedor desse fato corri para lá e o derrubei com um golpe de maça, amarrei-lhe pés e mãos e levei-o à minha amante. Os parentes de Abacabá quiseram comê-lo, mas como eu não tivesse a menor inclinação por esse gênero de festins, dei-lhe liberdade, fazendo-o meu amigo. Abacabá ficou tão sensibilizada com o meu procedimento, que me preferiu a todos. Até hoje me amaria, se não houvesse sido devorada por um urso. Castiguei esse urso, usando sua pele muito tempo, mas isso não me deixou consolado.

A senhorita de Saint-Yves sentia secreta alegria por saber que o Ingênuo só tivera uma amante, e que esta já tinha morrido. Mas não percebia qual a causa desse agradável sentimento. Todos admiravam o Ingênuo, elogiando-o muito por ter impedido seus companheiros de comer um algonquino.

O impiedoso magistrado, que não podia reprimir a mania de fazer interrogatórios, foi levado pela curiosidade a perguntar qual a crença do senhor hurão, se escolhera a religião anglicana, a católica ou a calvinista.

O Ingênuo respondeu:

— Tenho a minha religião, como tendes a vossa.

— Meu Deus! Vejo que esses desgraçados ingleses nem pensaram em batizá-lo!

E a senhorita de Saint-Yves suspirou:

— Mas como é possível que os hurões não sejam católicos? Pois os reverendos padres jesuítas ainda não os converteram?

O Ingênuo assegurou-lhe que em seu país não era possível converter ninguém, porque jamais um verdadeiro hurão mudava seu modo de pensar, e que em sua língua natal nem mesmo existia um termo que significasse "inconstância". Estas últimas palavras foram do completo agrado da senhorita de Saint-Yves.

A senhorita de Kerkabon dizia ao prior:

— Nós é que vamos batizá-lo, nós é que vamos batizá-lo! Você terá a honra de realizar a cerimônia, e eu faço absoluta questão de ser a madrinha; o reverendo de Saint-Yves o levará à pia; vai ser uma festa esplêndida! Toda a Baixa-Bretanha ficará sabendo que tivemos essa honra infinita, meu irmão.

Todo os convivas secundaram a dona da casa, e gritaram:

— Vamos batizá-lo! Vamos batizá-lo!

O Ingênuo retrucou que na Inglaterra cada um vivia como lhe desse na cabeça, que a proposta não o seduzia, e que a lei dos hurões em nada ficava a dever à da Baixa-Bretanha. Comunicou ainda que partiria no dia seguinte. Acabaram de esvaziar sua garrafa de água das Barbadas, e todos foram deitar-se.

Quando já havia conduzido o Ingênuo ao seu quarto, as senhoritas de Kerkabon e de Saint-Yves não puderam resistir à tentação de espiar pelo buraco da fechadura para ver como dormia um hurão. Viram-no estender as cobertas da cama no soalho, e deitar-se na mais bela atitude deste mundo.

O HURÃO, COGNOMINADO "O INGÊNUO", É RECONHECIDO PELOS SEUS PARENTES

O Ingênuo, conforme seu hábito, acordou com o sol, ao escutar o canto do galo, que na Inglaterra e na Hurônia chamam "a trombeta do dia". Ele não era como essa gente que definha ociosamente na cama até que o sol já tenha feito metade do seu percurso, que não pode nem dormir nem se levantar, que perde tantas horas preciosas nesse estado intermediário entre a vida e a morte, e que ainda por cima se queixa de que a vida é curta.

Já tinha caminhado duas ou três léguas e derrubado trinta caças à bala quando, ao voltar, encontrou o prior de Nossa-Senhora-da-Montanha e sua discreta irmã passeando no jardim em roupas de dormir. Mostrou-lhes a caça, e tirando de dentro da camisa uma espécie de talismã que sempre usava ao pescoço, pediu-lhes que o aceitassem como reconhecimento pela boa acolhida:

— É o que possuo de mais precioso. Asseguraram-me que eu seria feliz enquanto trouxesse comigo esta bugiganga, e vô-la ofereço para que sejais muito felizes.

O pároco e a irmã sorriram, comovidos pela candura do Ingênuo. O presente consistia em dois pequenos retratos muito mal feitos, ligados por uma sebenta tira de couro. A senhorita de Kerkabon perguntou-lhe se havia bons pintores na Hurônia, ao que o Ingênuo respondeu:

— Não, senhorita. Esta raridade me foi dada pela minha ama; seu marido a obteve lutando, depois de esfolar alguns franceses do Canadá que nos guerreavam. Foi tudo o que soube.

O prior olhava atentamente os retratos. De repente mudou de cor, enterneceu-se, e com mãos trêmulas exclamou:

— Por Nossa Senhora da Montanha, acho que estes retratos são os de meu irmão e de sua mulher!

A senhorita, depois de havê-los contemplado com emoção idêntica, foi da mesma opinião. Os dois sentiam-se presa de alegria e de espanto meio dolorosos; choravam, com os corações palpitantes; gritavam, disputando-se os retratos; cada um os pegava e devolvia vinte vezes por segundo, devorando com os olhos os retratos e o hurão; perguntavam-lhe, um atrás do outro e também ao mesmo tempo, em que lugar, em que ocasião, de que modo essas miniaturas haviam caído nas mãos da sua ama; ligavam fatos, contavam o tempo desde a partida do capitão de Kerkabon; lembravam-se de terem recebido a notícia de que ele fora até o país dos hurões, e de que desde essa época nunca mais souberam nada a seu respeito.

O Ingênuo lhes havia dito que não conhecera pai nem mãe. O prior, homem sensato, notou que o Ingênuo tinha um pouco de barba: sabia muito bem que os hurões absolutamente não a tem. Assim raciocinou:

— Ele tem barba na cara, logo é filho de europeu. Meu irmão e minha cunhada nunca mais apareceram, depois da expedição contra os hurões, em 1669. Meu sobrinho devia mamar ainda, nesse tempo: a ama hurona salvou-lhe a vida e serviu-lhe de mãe.

Enfim, depois de cem perguntas e de cem respostas, o pároco e sua irmã concluíram que o hurão era mesmo sobrinho deles. Beijaram-no com lágrimas nos olhos e o Ingênuo ria, não atinando como é que um hurão podia ser sobrinho de um prior da Baixa-Bretanha.

Todos se reuniram. O reverendo de Saint-Yves, que era grande fisionomista, comparando os dois retratos com o rosto do Ingênuo, observou muito judiciosamente que ele tinha os olhos da mãe, a testa e o nariz do defunto capirão de Kerkabon, e o oval de um e de outro.

A senhorita de Saint-Yves, que nunca vira nem o pai nem a mãe, asseverou que o Ingênuo se parecia indiscutivelmente com eles. Todos se pasmaram diante do encadeamento dos fatos neste mundo. Estavam tão persuadidos, tão convictos quanto ao parentesco do Ingênuo, que ele mesmo acabou consentindo em ser sobrinho do prior, declarando que melhor valia tê-lo por tio do que a um outro qualquer. E foram à igreja de Nossa-Senhora-da-Montanha dar graças ao Senhor, enquanto o hurão sem se incomodar com isso, entretinha-se em casa bebericando.

Os ingleses que o tinham trazido já estavam prontos para fazer-se à vela, e vieram dizer-lhe que iam partir.

— Pelo que vejo, não encontraram seus tios e suas tias. Quanto a mim, fico por aqui. Voltem para Plymouth, dou-lhes todas as minhas roupas, não preciso de mais nada neste mundo, pois sou sobrinho de um prior.

Os ingleses embarcaram, pouco se importando com os parentes que o Ingênuo tinha ou não tinha na Baixa-Bretanha.

Depois que o tio, a tia e o pessoal todo cantaram o Te-Deum; depois que o juiz oprimiu o Ingênuo com novas perguntas; depois de se ter esgotado tudo o que o espanto, a alegria e a ternura trazem aos lábios, o pároco da montanha e o reverendo de Saint-Yves concordaram em que se devia batizar o Ingênuo o mais depressa possível. Mas o difícil é que não se abusa de um enorme hurão de vinte e dois anos como de uma criança, que temos por costume regenerar sem que ela saiba de nada: era preciso instruí-lo, e isso não parecia fácil ao reverendo de Saint-Yves, para quem os homens nascidos fora da França não podiam ter inteligência.

O prior ponderou que o sr. Ingênuo, seu sobrinho, apesar de não ter nascido na Baixa-Bretanha, tinha muita vivacidade, demonstrada por suas respostas, e que a natureza o favorecera muito, tanto pelo lado materno como pelo paterno.

Perguntaram-lhe se havia lido alguns livros. Disse que lera Rabelais em tradução inglesa, e trechos de Shakespeare, que sabia de cor. Gostara imensamente desses livros, encontrados na casa do capitão do navio que o trouxera da América a Plymouth. O magistrado não deixou de interrogá-lo sobre esses livros.

— Confesso-vos que vislumbrei qualquer coisa, mas não entendi o resto.

— O reverendo de Saint-Yves, ouvindo isso, refletiu que era assim mesmo que ele sempre lera, e que a maioria dos homens não lê de melhor maneira:

— E a bíblia, sem dúvida já a leu, sr. Ingênuo?

— Não, reverendo, nem nunca ouvi falar a respeito dela. Não fazia parte da biblioteca do meu capitão.

A senhorita de Kerkabon escandalizou-se:

— Veja como são esses desgraçados ingleses! Fazem mais caso de uma peça de Shakespeare, de um "plumpudding" e de uma garrafa de rum que do Pentateuco[1]. É por isso que ainda não converteram nin-

---

1. Não há lar inglês em que não se encontre a Bíblia, e o mesmo não acontece na França.

guém na América. Certamente foram amaldiçoados por Deus; e dentro de pouco tempo nós lhes roubaremos a Jamaica e a Virgínia.

Mandaram chamar o mais hábil alfaiate de Saint-Malô para vestir o Ingênuo dos pés à cabeça. Desfez-se a reunião, e o juiz foi fazer perguntas em outra freguesia. A senhorita de Saint-Yves, ao partir, voltou-se inúmeras vezes para olhar o Ingênuo, que lhe respondeu com as mais profundas reverências que fizera até então.

O juiz, antes de se despedir, apresentou à senhorita de Saint-Yves o pateta do filho, que acabara de sair do colégio, e ela mal o enxergou, de tão atenta que estava às delicadezas do hurão.

O INGÊNUO SE CONVERTE

O prior, vendo que já não era moço e que Deus lhe enviava um sobrinho para consolo, cismou que lhe poderia resignar sua dignidade, se conseguisse batizá-lo e fazê-lo seguir a carreira eclesiástica.

O Ingênuo tinha excelente memória. O vigor de constituição dos baixo-bretões, fortificado pelo clima do Canadá, dera-lhe uma cabeça tão sólida, que mal sentia quando lhe batiam por fora, e nada se apagava do que se grava por dentro. Na esquecia coisa alguma, sua apreensão era clara e viva, e por não ter tido a infância sobrecarregada pelas inutilidades e tolices que atormentaram a nossa, as coisas lhe entravam sem nevoeiros no cérebro.

O prior resolveu dar-lhe o Novo Testamento para ler. O Ingênuo devorou-o com alegria, mas como não soubesse nem em que época nem em que lugar se passavam todas as aventuras narradas, não duvidou que a Baixa-Bretanha fosse o cenário delas: jurou que havia de cortar o nariz e as orelhas de Caifás e de Pilatos, se algum dia topasse com esses malvados.

O tio, encantado com tão boas disposições, louvou-lhe o zelo, mas explicou-lhe que era inútil, porquanto esses personagens já tinham morrido havia quase mil seiscentos e noventa anos. Logo o hurão decorou o livro, e começou a levantar dúvidas que deixaram o prior em dificuldade. Muitas vezes foi obrigado a consultar o reverendo de Saint-Yves que, não sabendo também responder, mandou chamar um jesuíta da Baixa-Bretanha para terminar a conversão do Ingênuo.

Afinal, a graça divina desceu sobre o Ingênuo, que prometeu tornar-se cristão, esperando que começassem por circuncisá-lo; foi o seu raciocínio:

— Não vejo, em todo o livro que me emprestaram, um único personagem que não tenha sido circuncisado. Logo, é evidente que devo sacrificar o meu prepúcio, e quanto mais depressa melhor.

— Mandou chamar o cirurgião e pediu-lhe que o operasse, esperando alegrar com isso a senhorita de Kerkabon e todos os amigos. Mas o sujeito, que nunca tinha feito semelhante operação, achou prudente avisar a família, que se pôs a gritar em altos brados. A bondosa senhorita temia que o sobrinho, tão resoluto e expedito, fizesse estouvadamente a operação em si próprio, e que disso adviessem tristes conseqüências, pelas quais sempre se interessam as senhoras, exclusivamente por generosidade de coração.

O pároco endireitou as idéias do Ingênuo, explicando-lhe que a circuncisão já saíra da moda, que o batismo era muito mais suave e salutar, e que uma lei facultativa não era obrigatória. O hurão, que era tão sensato quanto correto, discutiu, mas acabou reconhecendo seu engano, coisa rara na Europa entre pessoas que divergem. E prometeu batizar-se quando quisessem.

O Ingênuo deveria primeiramente confessar-se, o que era o mais difícil de tudo, porque trazia sempre consigo a bíblia oferecida pelo tio, e nela não soube de nenhum apóstolo que se tivesse confessado. Esse fato o deixou meio esquivo, mas o prior tapou-lhe a boca mostrando, na epístola de São Tiago, estas palavras que tanto magoam os heréticos: "Confessai uns aos outros os vossos pecados".

O hurão calou-se, e foi confessar-se com um franciscano. Assim que terminou, arrancou o padre do confessionário e, segurando-o com força, tomou-lhe o lugar, obrigando-o a ajoelhar diante dele:

— Vamos, meu amigo. Está escrito: "Confessai uns aos outros os vossos pecados". Já te contei os meus, não sairás daqui antes de me contar os teus.

E, enquanto isso, ia apertando o enorme joelho contra o peito do franciscano, o qual soltava urros que faziam a igreja estremecer. Com o barulho apareceu gente que viu o catecúmeno apostrofando o monge em nome de São Tiago.

Mas era tão grande a alegria de batizar um hurão inglês da Baixa-Bretanha, que passaram por cima de tais singularidades. Houve mesmo inúmeros teólogos que opinaram não ser indispensável a confissão, pois o batismo já resolvia tudo.

Marcaram dia com o bispo de Saint-Malô que, lisonjeado como já se adivinha por batizar um hurão, chegou em pomposa equipagem, acompanhado por todo o clero. A senhorita de Saint-Yves pôs o mais belo vestido e mandou chamar o cabeleireiro da cidade, para brilhar na cerimônia. O juiz perguntador também veio, com todo o povo da região. A igreja fora magnificamente ornamentada, mas, quando chegou a hora de levar o hurão à pia batismal, não o encontraram.

Os tios o procuraram por toda parte. Pensaram que estivesse caçando, como de costume. Todos os convidados percorreram os bosques e aldeias vizinhas, e nada do hurão!

Começaram a suspeitar que tivesse voltado para a Inglaterra, por se lembrarem de lhe ter ouvido dizer que gostava imensamente desse país. O prior e a irmã já estavam persuadidos de que ninguém ia ser batizado, e receavam pela alma do sobrinho. O bispo, impaciente, estava prestes a voltar. O prior e o reverendo de Saint-Yves descabelavam-se, e o juiz inquiria os passantes com sua gravidade habitual.

A senhorita de Kerkabon chorava. A senhorita de Saint-Yves não vertia lágrimas, mas exalava profundos suspiros, que pareciam testemunhar sua inclinação pelos sacramentos. As duas passeavam tristemente ao longo dos salgueiros e caniços que margeiam o ribeiro de Rance, quando viram dentro da água um corpanzil muito branco, com os braços cruzados sobre o peito. Soltaram um grito e viraram o rosto. Mas a curiosidade foi mais forte do que qualquer outra consideração e deslizaram sub-repticiamente por entre os caniços. E quando tiveram a certeza de que não podiam ser vistas, espiaram para saber do que se tratava.

O BATISMO DO INGÊNUO

O prior e o reverendo, tendo-se aproximado, perguntaram ao hurão o que estava fazendo ali.

— Na verdade, senhores, espero o batismo! Há uma hora que estou aqui com água até o pescoço, e não é justo que me deixem enregelar.

— Meu caro sobrinho, não é assim que se batiza na Baixa-Bretanha. Vista-se e venha conosco.

A senhorita de Saint-Yves, ouvindo estas palavras, murmurou à companheira:

— Achas que ele vai repor tão depressa a roupa?

Mas o hurão retrucava ao prior:

— Não, agora não me enganareis como da outra vez, não. Tenho estudado bastante de lá para cá, e estou convencido de que não se batiza de outra maneira. O eunuco da rainha Candace foi batizado num riacho. Aposto como não me podereis mostrar, no livro que me destes, um único caso em que se tenha procedido de forma diversa. Ou me batizam no rio, ou não me deixarei batizar.

Em vão lhe explicaram que os costumes haviam mudado: o Ingênuo era cabeçudo, porque era bretão e hurão ao mesmo tempo. Volta e meia lá vinha ele com o eunuco da rainha Candace, embora sua tia e a senhorita de Saint-Yves, que o tinham espiado através dos salgueiros, estivessem em condições de assegurar que não tinha motivos para comparar-se com semelhante criatura. Mas eram tão discretas que não disseram nada.

O bispo veio pessoalmente, falar-lhe, o que é grande honra, mas não obteve nada, e o hurão ainda discutiu com ele:

— Mostrai-me, no livro que me deu meu tio, um único homem que não tenha sido batizado na água corrente, e farei tudo o que quiserem.

A tia, desesperada, notara que, na primeira vez que o sobrinho fizera a reverência, dirigira a mais profunda saudação à senhorita de Saint-Yves, e que nem mesmo ao bispo havia cumprimentado com o respeito cordial que testemunhara à bela jovem. Tomou a resolução de pedir-lhe que interpusesse seu prestígio junto ao hurão para que se deixasse batizar da mesma maneira que os bretões, pois não acreditava que o sobrinho se tornasse cristão enquanto persistisse em seu propósito de realizar a cerimônia na água corrente.

A senhorita de Saint-Yves corou de secreto prazer, ao ver-se incumbida de tão importante missão. Aproximou-se modestamente do Ingênuo e apertando-lhe a mão, disse-lhe com um arzinho gentil:

— Não sereis capaz de fazer alguma coisa por mim?

E abaixava e erguia os olhos tão enternecedoramente, que o Ingênuo deu-se por vencido:

— Ah! Farei tudo o que a senhorita quiser, tudo o que me ordenar. Batismo de água, de fogo ou de sangue, nada lhe negarei.

A senhorita de Saint-Yves teve a glória de conseguir com poucas palavras o que nem a insistência do prior, nem as interrogações do magistrado, nem mesmo os argumentos do bispo haviam podido fazer. Embora triunfante, a senhorita não avaliava toda a extensão de sua vitória.

O batismo foi administrado e recebido com a maior decência, pompa e satisfação possíveis. Os tios cederam ao reverendo de Saint-Yves e sua irmã a honra de levar o Ingênuo à pia batismal. A senhorita de Saint-Yves exultava de alegria por se ver madrinha, não sabendo a que impedimentos esse grande título a sujeitava. Aceitou a honra sem prever as fatais conseqüências que dela adviriam.

Como nunca há cerimônia que não seja seguida de comezainas, houve um grande banquete depois do batismo. Os folgazãos da Baixa-Bretanha afirmaram que não se devia batizar sem vinho. O prior acrescentou que o vinho, como dissera Salomão, rejubilava a alma. O bispo informou que o patriarca Judá tinha que amarrar o seu burrico à vinha, e molhar as vestes no sangue da uva, e que se sentia bem triste por não se poder fazer o mesmo na Bretanha, a quem Deus recusara as parreiras. Todos procuravam fazer algum chiste sobre o batismo, e dirigir galanteios à madrinha. O magistrado, sempre inquiridor, perguntou ao hurão se ia ser fiel às suas promessas.

— Como é que poderei faltar às minhas promessas, se as fiz entre as mãos da senhorita de Saint-Yves?

O Ingênuo, foi-se entusiasmando, e bebeu inúmeras vezes à saúde da madrinha:

— Se eu tivesse sido batizado pelas suas mãos, creio que me teria queimado a água fria que me despejaram no cabelo.

A madrinha ficou radiante, e o juiz achou muito poética a frase, ignorando o quanto é usual essa metáfora no Canadá.

Deram ao recém-cristão o nome de Hércules.

O bispo de Saint-Malô perguntava a toda hora que patrono era esse, que ele não conhecia. O jesuíta, eclesiástico muito instruído, disse-lhe que Hércules fora um santo, autor de doze milagre. E praticara ainda um décimo terceiro, que superava a todos os outros, mas que não ficava muito próprio na boca de um jesuíta: tornara mulheres, em uma só noite, cinqüenta donzelas. Um gaiato que lá se achava censurou energicamente esse milagre. Todas as senhoras abaixaram os olhos, e pensaram lá consigo que ninguém, como o Ingênuo, seria tão digno do nome do seu patrono.

O INGÊNUO APAIXONADO

É preciso contar que, desde o batismo e o banquete, a senhorita de Saint-Yves começou a desejar ardentemente que o bispo a fizesse participante de algum outro adorável sacramento com o senhor Hércules, o Ingênuo. Mas, como fosse recatada e de boa educação, não ousava confessar a si mesma tão doces sentimentos; se lhe escapava às vezes um gesto, um olhar ou uma palavra, envolvia-os de encantadora pudicícia, porque era meiga, amorosa e sensata.

Assim que o bispo partiu, o Ingênuo e a senhorita de Saint-Yves se encontraram, sem refletir que estavam um à procura do outro, e conversaram sem ter premeditado o que se diriam. O Ingênuo principiou declarando que a amava de todo o coração, e que a bela Abacabá, por quem estivera apaixonadíssimo no seu país, nem lhe chegava aos pés. A senhorita respondeu-lhe, com seu habitual recato,que ele deveria falar imediatamente com o prior seu tio e com a senhorita sua tia, e que ela, por sua vez, diria duas palavras ao irmão, o reverendo de Saint-Yves.

O Ingênuo retrucou-lhe que não precisava do consentimento de ninguém, e que achava extremamente ridículo ir perguntar aos outros o que se tem que fazer; que, quando duas partes estão de acordo, não necessitam de terceiros para se entenderem.

— Eu não consulto ninguém, quando tenho vontade de comer, de caçar ou de dormir; sei que, em matéria de amor, não é mau ter o consentimento da pessoa amada; mas como não estou apaixonado por meu tio nem por minha tia, não é a eles que me devo dirigir neste caso, e penso também que poderá dispensar a opinião do reverendo de Saint-Yves.

Já se calcula quanto argumento sutil empregou a formosa bretã para trazer o hurão às normas da decência. Chegou mesmo a ficar zangada, mas depois foi-se acalmando. Enfim, não se sabe como teria terminado esta entrevista se o reverendo de Saint-Yves, ao cair da tarde, não tivesse aparecido à procura da irmã.

O Ingênuo esperou deitarem-se os tios, que estavam muito cansados da cerimônia e do banquete, e passou parte da noite fazendo versos para a bem-amada em língua hurona; é bom que se saiba não existir um único país no mundo em que o amor não torne poetas os apaixonados.

No dia seguinte depois do almoço, presente a senhorita de Kerkabon, que estava toda comovida, o prior prelecionou-o deste modo:

— Que o céu seja louvado, meu sobrinho, por teres a honra de ser cristão, e ainda por cima cristão da Baixa-Bretanha! Mas isso não basta. Já estou ficando velho; meu irmão deixou apenas uma propriedade insignificante, ao passo que eu tenho uma boa paróquia. Se quisesse ser ao menos subdiácono, como espero, eu desistiria do meu priorado em teu favor. Viverias com largueza, e serias a consolação da minha velhice.

— Meu tio, bom proveito vos faça! Não sei o que seja subdiácono nem entendo a vossa desistência. Mas concordarei com tudo, desde que tenha a senhorita de Saint-Yves à minha disposição.

— Deus meu, que dizes, meu sobrinho! Amas então a senhorita até à loucura?

— Sim, meu tio.

— Pois sinto dizê-lo, meu caro, mas é impossível casares com ela.

— É mais do que possível, porque não só ela me reteve a mão ao despedir-se, como também prometeu pedir-me em casamento. Vou desposá-la, nem há dúvida.

— Repito-te que é impossível; foi ela quem te batizou, e as leis humanas e divinas não permitem que um afilhado case com sua madrinha, nem que se acariciem as mãos, o que é pecado medonho.

— Irra! Meu tio, isso só pode ser brincadeira vossa: por que motivo seria proibido desposar a madrinha, se ela é moça e bonita? Absolutamente não li, na bíblia que me emprestastes, qualquer prescrição que vede o consórcio do afilhado com a moça que o batizou. Noto diariamente que fazem aqui uma porção de coisas que não estão no vosso livro, e nada fazem do que ele ordena; confesso-vos que isso me espanta e aborrece. Se me privarem da senhorita de Saint-Yves com esse pretexto de batismo, participo-vos que a raptarei, depois de ter renegado o sacramento.

O prior ficou perplexo, enquanto sua irmã se pôs a choramingar:

— Meu caro irmão, não devemos permitir que o nosso sobrinho vá para o inferno. Talvez o santo padre, o papa, lhe dê a dispensa, com a qual poderá ser cristamente feliz com aquela que ama.

O Ingênuo beijou a tia:

— Que homem encantador é esse, que protege tão bondosamente os amores entre rapazes e moças? Quero falar-lhe, já, já.

Explicaram-lhe quem era o papa, e o Ingênuo ficou ainda mais admirado:

— Não há uma única palavra sobre isso no vosso livro, meu tio! Tenho viajado, conheço o mar; estamos em costas banhadas pelo Oceano. Eu seria tolo, se me separasse da senhorita de Saint-Yves, a fim de ir pedir licença para a amar, a um homem que mora lá no Mediterrâneo, a quatrocentas léguas daqui, e que fala uma língua que não entendo. Tudo isso é dum ridículo inexplicável! Vou imediatamente à casa do reverendo de Saint-Yves, que mora a apenas uma légua de distância, e garanto como casarei hoje mesmo com a minha amada.

Ainda estava falando, quando entrou o juiz que, na forma do louvável costume, lhe perguntou aonde ia. Correndo, o Ingênuo, respondeu:

— Vou casar!

E um quarto de hora depois chegava a casa da sua adorada bretã, que ainda estava dormindo.

A senhorita de Kerkabon suspirava:

— Ah! Meu caro irmão, jamais conseguirás fazer do nosso sobrinho um subdiácono!

O magistrado ficou muito desgostoso com o fato, porque pretendia que o filho se casassse com a bela senhorita de Saint-Yves. E note-se que o filho, embora isso pareça impossível, era ainda mais estúpido e insuportável que o pai.

O INGÊNUO VAI À CASA DE SUA AMADA E FICA FURIOSO

Ao chegar, tendo o Ingênuo perguntado à velha empregada qual era o quarto da sua noiva, empurrou-lhe a porta, que estava mal fechada, e avançou em direção ao leito. A senhorita de Saint-Yves despertou sobressaltada, e pôs-se a gritar:

— Como! Pois é você? Ah! é você... Pare, pare, que é que me está fazendo?

— Estou casando contigo.

Com efeito a desposaria se ela não se tivesse debatido com toda a honestidade de uma pessoa educada.

— A senhorita de Abacabá, minha primeira amante, não era assim. Ah! isto não é sério! Você me prometeu casamento, e agora não quer fazer casamento, está portanto, faltando com as mais elementares regras da honra. Mas eu a ensinarei a manter a sua palavra, pondo-a no caminho da virtude.

O Ingênuo possuía uma virtude viril e intrépida, digna de Hércules, seu patrono, e ia exercê-la em toda a sua extensão, quando os gritos penetrantes da senhorita, que tinha mais calma essa virtude, despertaram o casto reverendo de Saint-Yves e sua governante, um velho criado carola e um padre da paróquia. A presença dessa gente moderou a intrepidez do assaltante, que foi repreendido pelo reverendo:

— Deus meu! Que está fazendo aí, meu caro vizinho?

— Os meus deveres. Estou cumprindo a minha promessa, que é sagrada.

A senhorita de Saint-Yves compôs-se, muito corada. Levaram o Ingênuo para outro aposento, onde lhe censuraram o absurdo procedimento. Hércules defendeuse, argumentando com os privilégios da lei natural, que conhecia tão perfeitamente. O reverendo tentou provar que a lei positiva devia predominar, e que sem as convenções feitas entre os homens, a lei natural seria apenas um banditismo desabusado:

— Os tabeliães, os padres, as testemunhas e os contratos são indispensáveis.

O Ingênuo respondeu-lhe com o raciocínio que os selvagens sempre fazem:

— É naturalmente porque sois bem desonestos que tomais tantas precauções uns contra os outros.

Foi difícil para o reverendo responder a esta objeção:

— Realmente, existem entre nós muitos sujeitos inconstantes e velhacos, e o mesmo aconteceria na Hurônia se todos lá se reunissem numa cidade grande. Mas existiriam também almas sábias, honestas e esclarecidas, e foram esses homens que fizeram as leis. Tanto mais nos devemos submeter a elas quanto mais corretos formos. Dá-se, assim, exemplo aos maus, que respeitarão um freio posto em si próprios pela retidão.

Esta resposta impressionou o Ingênuo, que tinha o espírito muito justiceiro. Aplacaram-no com palavras elogiosas, e deram-lhe esperanças: são as duas armadilhas em que caem, infalivelmente, todos os homens dos dois hemisférios. Permitiram-lhe, mesmo, conversar com a senhorita, depois dela se ter arrumado. Tudo se passou com o maior decoro. Mas, apesar desses cuidados, os olhos fulgurantes do Ingênuo Hércules faziam sempre abaixar os da namorada, e tremer todo o pessoal.

Foi um custo, para conseguir que ele voltasse à casa dos tios. Foi preciso empregar ainda o prestígio da bela de Saint-Yves que, quanto mais notava sua autoridade sobre ele, mais o amava. Fê-lo partir, e ficou bem desconsolada com isso.

Quando o Ingênuo foi embora, o reverendo, que era não só irmão muito mais velho da senhorita de Saint-Yves como também seu tutor, resolveu subtraí-la às investidas desse amante terrível. Foi consultar o juiz, que cobiçando sempre a irmã do reverendo para o pateta do filho, o aconselhou a encerrar a pobre moça num convento. O choque foi tremendo! Uma pessoa indiferente, sendo enclausurada, poria a boca no mundo; que não se dirá de uma amante, tão sensata quanto apaixonada? Era caso de desesperar.

O Ingênuo, de volta ao priorado, contou tudo com a candura habitual. Ouviu as mesmas censuras e argumentos que lhe haviam deixado alguma impressão no espírito, e nenhuma nos sentidos. Mas no dia seguinte, quando quis ir novamente à casa da sua formosa noiva, para discutir com ela sobre a lei convencional e a da natureza, o juiz informou, com insultante alegria, que ela estava num convento.

— Pois muito bem. Irei discutir nesse convento!

— É proibido.

E o magistrado explicou-lhe minuciosamente o que era um convento, que essa palavra vinha do latim "conventus", que quer dizer assembléia. E o hurão não compreendia por que não podia ele ser admitido em tal assembléia. Assim que lhe contaram ser essa assembléia uma espécie de prisão onde se encerram as moças, coisa horrível, desconhecida na Hurônia e na Inglaterra, ficou tão possesso quanto o seu patrono Hércules quando Eurite, rei da Ocália, não menos cruel que o reverendo de Saint-Yves, lhe recusou a sua bela filha Iole, não menos formosa que a irmã do reverendo. Queria por fogo no convento, raptar a namorada ou morrer queimado junto a ela.

A senhorita de Kerkabon, horrorizada renunciava mais do que nunca a todas as suas esperanças de ver subdiácono o sobrinho, e dizia, chorando, que ele tinha o diabo no corpo desde o dia em que fora batizado.

O INGÊNUO COMBATE CONTRA OS INGLESES

O Ingênuo, invadido por amarga e profunda melancolia, foi passear à beira da praia, com o fuzil de dois tiros no ombro e o facão na cinta, atirando de vez em quando a algum pássaro, e muitas vezes desejoso de atirar sobre si mesmo. Mas a vida ainda o seduzia, por causa da senhorita de Saint-Yves. Ora maldizia o tio, a tia, a Baixa-Bretanha inteira e o seu batismo; ora os abençoava, porque foram eles que lhe fizeram conhecer a bem-amada. Decidia ir incendiar o convento, e parava instantaneamente, temendo queimar a noiva. As águas da Mancha não são mais agitadas pelos ventos de este e de oeste do que o seu coração por tantos movimentos contraditórios.

Ia caminhando a passos largos, sem saber para onde, quando escutou o som de um tambor. Viu ao longe um amontoado de gente, metade correndo para a praia e outra metade fugindo.

Mil gritos se elevavam de todos os cantos. A curiosidade e a coragem o impulsionaram imediatamente ao lugar de onde partiam os clamores; chegou em quatro saltos. O comandante da milícia, que havia jantado com ele uma vez em casa do prior, reconheceu-o logo, precipitando-se de braços abertos em sua direção:

— Viva, Ingênuo! Vai combater ao nosso lado.

E os milicianos, que se desidratavam de medo, acalmaram-se, gritando também:

— É o Ingênuo! O Ingênuo!

O hurão interpelou-os:

— Meus amigos, de que se trata? Por que estão todos assim tão sobressaltados? Encerraram as vossas amantes em conventos?

— Não vês que os ingleses estão abordando?

— Isso não é motivo de pânico, pois eles são muito camaradas, nunca me roubaram a namorada.

O comandante explicou-lhe que os ingleses vinham pilhar a abadia da Montanha, beber o vinho do seu tio, e talvez raptar a senhorita de Saint-Yves; que o pequeno navio, no qual chegara à Bretanha, viera exclusivamente para fazer reconhecimentos na costa; que eles praticavam atos de hostilidade sem terem declarado guerra ao rei da França, e que a província estava indefesa.

— Ah! se é assim, estão violando a lei natural. Deixem por minha conta. Vivi muito tempo entre os ingleses, conheço-lhes a língua, falarei com eles; não creio que possam ter desígnio tão vil.

Enquanto conversavam, a esquadra inglesa aproximou-se. O hurão foi ao seu encontro num pequeno barco, chegou, subiu ao navio-almirante e perguntou se era verdade que vinham devastar a região sem haverem declarado honestamente a guerra. O almirante e todos os seus comandados caíram às gargalhadas, ofereceram-lhe um copo de ponche, e mandaram-no de volta.

O Ingênuo, irritado, só cuidava de bater-se ardorosamente contra os amigos, a favor de seus compatriotas e do prior. Os gentis-homens das vizinhanças foram chegando, e juntaram-se a eles. Tinham alguns canhões, que o hurão carregou e apontou, disparando-os consecutivamente. Os ingleses desembarcaram. O Ingênuo avançou para eles, matou três com as próprias mãos, e chegou até a ferir o almirante que o escarnecera. Seu destemor animou e encorajou a milícia. Os ingleses tornaram a embarcar, enquanto ao longo da costa reboavam os gritos de vitória:

— Viva o rei! Viva o Ingênuo!

Todos queriam beijá-lo, todos se dispunham a estancar o sangue que corria dos ligeiros ferimentos que recebera.

— Ah! Se a senhorita de Saint-Yves estivesse presente, com certeza me daria uma compressa.

O juiz, que ficara escondido na adega durante o combate, veio felicitá-lo como os outros. Mas ficou bem surpreso quando ouviu o Hércules Ingênuo dizer a uma dúzia de rapazes sacudidos que o cercava:

— Meus amigos, não é glória nenhuma ter salvo a abadia da Montanha: precisamos é libertar uma donzela!

A estas palavras, toda aquela impetuosa juventude pegou fogo. Uma multidão o acompanhou, marchando em direção ao convento. Se o magistrado não tivesse avisado imediatamente o comandante, se não houvesse corrido atrás dessa tropa jovial, adeus convento. Reconduziram o Ingênuo a casa, onde o tio e a tia o banharam de lágrimas enternecidas:

— Estou vendo que não serás nunca nem subdiácono nem prior, mas creio que darás um oficial ainda mais valoroso que meu irmão, e provavelmente tão cínico quanto ele.

E a senhorita de Kerkabon continuava a chorar, dizendo:

— Ele vai ser trucidado como o nosso irmão, melhor seria que fosse subdiácono.

O Ingênuo, durante o combate, encontrara uma grande bolsa cheia de guinéus, que com certeza o almirante deixara cair. Não duvidou que poderia, com aquele dinheiro, comprar toda a Baixa-Bretanha e, principalmente, fazer da senhorita de Saint-Yves uma grande dama.

Todos os aconselharam a ir a Versalhes receber o prêmio pelos seus serviços. O comandante e os oficiais mais graduados o encheram de certificados. Os tios aprovaram a viagem do sobrinho, que ia ser, sem dificuldade alguma, apresentado ao rei; só isso bastaria para lhe dar extraordinário relevo em toda a província. Os dois bons velhos acrescentaram à bolsa um presente considerável, tirado de suas economias. O Ingênuo pensava lá consigo:

35

— Quando me encontrar com o soberano, pedir-lhe-ei a senhorita de Saint-Yves em casamento, e certamente ele não ma recusará.

Partiu debaixo das aclamações do cantão inteiro, asfixiado por beijos, umedecido pelas lágrimas da tia, com a benção do tio, e dedicando seus pensamentos à bela Saint-Yves.

O INGÊNUO VAI À CORTE. EM CAMINHO CEIA COM HUGUENOTES

O Ingênuo foi de coche pela estrada de Saumur, porque não havia outra condução naquele tempo. Quando chegou à cidade, admirou-se de ver as ruas desertas, e inúmeras famílias mudando-se. Disseram-lhe que seis anos atrás Saumur tivera mais de quinze mil almas, e que presentemente não tinha nem seis mil. Não deixou de comentar o fato na hospedaria, à hora do jantar. Muitos protestantes se sentaram à mesa. Alguns queixavam-se amargamente, outros tremiam de cólera, outros diziam chorando:

— Nos dulcia linquimus arva, nos patriam fugimus.

O Ingênuo, que não sabia latim, pediu que lhe explicassem as palavras, que querem dizer: "abandonamos nossas doces companheiras, fugimos da pátria".

— E porque fugis da vossa pátria, cavalheiros?

— Querem obrigar-nos a reconhecer o papa.

— E por que não havereis de reconhecê-lo? Naturalmente é porque não quereis desposar vossas madrinhas. Disseram-me que é ele quem dá essa permissão.

— Ah! senhor, esse papa quer mandar em todos os reis.

— Mas, meus amigos, qual é a vossa profissão?

— Somos quase todos tecelões e fabricantes.

— Se o papa afirmasse que era dono dos vossos panos e das vossas fábricas, agiríeis muito bem não o reconhecendo. Mas quanto aos reis é lá com eles, em que vos pode isso interessar?[1]

Então um homúnculo de preto tomou a palavra e expôs, muito doutamente, as queixas do bando. Falou sobre a revogação do édito de Nantes com tal energia, deplorando de modo tão patético a sorte de cinqüenta mil famílias fugitivas e de cinqüenta mil outras convertidas pelos soldados, que o Ingênuo por sua vez pôs-se a chorar:

— Mas como é possível que tão magnificente soberano, cuja glória se estende até a Hurônia, vá privar-se de tantos corações, que o saberiam amar, e de tantos braços, que o poderiam servir?

— É que o iludiram, como a outros grandes reis. Fizeram-no acreditar que lhe bastava dizer uma palavra e todos os homens pensariam como ele, do mesmo modo que Lulli, o seu maestro, transforma em rápidos momentos os cenários de suas óperas. Não só já perdeu quinhentos ou seiscentos mil súditos muito úteis, como adquiriu inimigos: o rei Guilherme que atualmente dirige a Inglaterra, formou inúmeros regimentos com esses mesmos franceses que teriam combatido pelo seu monarca. Semelhante tragédia se torna mais inaudita quando se sabe que o papa, por quem Luís XIX sacrifica uma parte do próprio povo, é seu inimigo declarado. Sustentam os dois, há mais de nove anos, violenta rixa, a tal ponto séria que a França esperou ver enfim desfeito o jugo que a submete há tantos anos a esse estrangeiro, e principalmente a não ser mais obrigada a lhe dar dinheiro, o que é sempre em última análise, o objetivo de todos os negócios deste mundo. Parece-me evidente que enganaram

---

1. Foi a resposta que deu Fontenelle a um Jansenista, negociante de Ruão.

o rei não só quanto aos seus interesses, como também quanto à amplitude do seu poder, e que lhe perverteram a magnanimidade do coração.

O Ingênuo, cada vez mais enternecido, perguntou quais eram esses franceses que iludiam assim um monarca tão querido pelos hurões.

— São os jesuítas e, principalmente, o padre La Chaise, confessor de Sua Majestade. Esperemos que Deus os punirá um dia, e que serão expulsos do mesmo modo pelo qual agora nos enxotam. Existirá infelicidade maior do que a nossa? O senhor de Louvois nos acua por todos os lados com jesuítas e soldados.

O Ingênuo, que já não se podia mais conter, prometeu:

— Pois bem, meu amigos; vou a Versalhes receber a recompensa devida aos meus serviços e falarei com esse tal senhor Louvois. Disseram-me que é ele quem maneja o barco, lá do seu gabinete. Chegarei ao Soberano e hei de expor-lhe os fatos. É impossível que não se convença de verdade tão evidente. Logo depois, voltarei para me casar com a senhorita de Saint-Yves, e desde já vos convido para a cerimônia.

Aqueles pobres coitados tomaram-no por algum grande senhor que viajasse incógnito, e houve mesmo quem supusesse que fosse o bobo do rei.

Na mesa havia um jesuíta disfarçado, espião do padre La Chaise. Prestava-lhe conta das coisas que via e ouvia, e ele, por sua vez, repetia-as ao senhor de Louvois. O espião escreveu ao padre La Chaise. O Ingênuo e a carta chegaram a Versalhes quase ao mesmo tempo.

A CHEGADA DO INGÊNUO A VERSALHES

O Ingênuo desceu do pênico[1] no pátio das cozinhas, e perguntou aos moços a que horas podia falar com o

---

1. Pequena carruagem que fazia o percurso de Paris a Versalhes.

rei. Os moços riram-lhe na cara, exatamente como o almirante inglês. O hurão deu-lhes o mesmo tratamento: espancou-os. Quiseram reagir, e a coisa ia ficando azeda quando passou um guarda do regimento, gentil-homem bretão, que dispersou a gentalha. O Ingênuo agradeceu-lhe:

— O senhor me parece um homem às direitas! Sou sobrinho do prior de Nossa-Senhora-da-Montanha, matei uma porção de ingleses e vim falar ao rei. Não me poderia levar até ele?

O guarda encantado por se encontrar com um bravo da sua província que não estava a par dos hábitos da corte, disse-lhe que não se falava assim com o rei, era preciso ter a apresentação do senhor de Louvois.

— Pois então leve-me à casa desse cavalheiro, que naturalmente me apresentará ao soberano.

— É ainda mais difícil falar com o senhor de Louvois do que com o rei. Mas vou levá-lo ao senhor Alexandre, primeiro comissário do exército. É como se falasse com o ministro.

Foram a casa do sr. Alexandre, primeiro comissário, que não quis receber, por estar tratando de altos negócios com uma dama da corte. Dera ordem para não deixarem entrar ninguém.

— Pois não tem importância, meu amigo, não perdemos nada com isso. Vamos a casa do primeiro Comissário do sr. Alexandre, é como se tivéssemos falado com o sr. Alexandre em pessoa.

O hurão, espantadíssimo, acompanhou o guarda do regimento. Esperaram meia-hora, numa pequena antecâmara. O Ingênuo se admirava:

— Mas que significa tudo isso? Será que nesta terra todo o mundo é invisível? É muito mais fácil combater na Baixa-Bretanha contra os ingleses, do que topar em Versalhes com as pessoas que procuramos.

E desenfadava-se contando seus amores ao compatriota. Mas chegou a hora em que o guarda devia reassumir seu posto. Despediram-se, combinando encontro para o dia seguinte. O Ingênuo ficou ainda outra meia hora na antecâmara, sonhando com a senhorita de Saint-Yves e com a dificuldade que se tem para falar com os reis e primeiros comissários.

Afinal, o sujeito apareceu.

— Meu senhor, se eu tivesse esperado, para repelir os ingleses, tanto tempo quanto esperei para que me désseis audiência, a estas horas eles já estariam devastando sossegadamente a Baixa-Bretanha.

Estas palavras causaram impressão no comissário. Perguntou ao bretão:

— Que desejas?

— Recompensa. Eis os meus títulos.

E exibiu todos os certificados. O comissário leu-os, e disse que provavelmente lhe dariam permissão para comprar um posto de tenente.

— Eu! Pagar dinheiro por ter repelido os ingleses? Comprar o direito de me deixar assassinar, enquanto os senhores dão aqui tranqüilamente audiências? Isso é brincadeira vossa! Eu quero, gratuitamente, comandar uma companhia de cavalaria; quero que o rei faça com que a senhorita de Saint-Yves saia do convento e case comigo; quero falar a sua Majestade em nome de cinqüenta mil famílias que pretendo restituir-lhe. Numa palavra, quero ser útil: que me empreguem e me promovam.

— Como te chamas, oh! Tu que falas tão alto?

— Ora essa! Pois então não lestes os meus certificados? É assim que se faz, hein? Chamo-me Hércules Kerkabon, sou batizado, e vou queixar-me de vós ao rei.

O comissário pensou, como os hunguenotes de Saumur, que ele era meio pancada, e não lhe prestou maior atenção.

Nesse mesmo dia o padre La Chaise, confessor de Luís XIV, recebia a carta do espião, acusando Hércules Kerkabon de apoiar os huguenotes e reprovar a conduta dos jesuítas. O senhor de Louvois, por sua parte, recebia uma carta do juiz pergunta tudo, descrevendo o Ingênuo como um patife que vivia querendo incendiar conventos para raptar donzelas.

O Ingênuo, depois de ter passeado pelos jardins de Versalhes, onde se entediou, depois de jantar como um hurão da Baixa-Bretanha, deitou-se com a doce esperança de ver o rei no dia seguinte, de obter pelo menos uma companhia de cavalaria, de casar-se com a senhorita de Saint-Yves e de conseguir que terminasse a perseguição aos huguenotes. Deixava-se acalentar por tão lisonjeiras idéias, quando entraram em seu quarto alguns políticias, que se apoderaram do seu fuzil e do seu grande sabre.

Inventariaram o seu dinheiro, e levaram-no para o castelo mandado construir por Carlos V, filho de João II, perto da rua Santo Antônio, na porta das Torrezinhas.

Bem se pode avaliar qual não foi o espanto do Ingênuo durante o caminho. Primeiro pensou que fosse sonho. Ficou meio entorpecido, mas foi tomado de repente por um ódio furioso, que lhe redobrou as forças. Pegou pela gola dois dos condutores, que se achavam ao seu lado no carro, arremessou-os pela portinhola, jogou-se atrás deles, arrastando ainda um terceiro que o quis segurar. Mas caiu com o esforço, e foi amarrado e posto novamente no carro.

— Eis o que se lucra, defendendo a Baixa-Bretanha contra os ingleses! Que dirias, oh! Bela Saint-Yves, se me visses neste estado?

Chegaram, afinal, ao palácio que lhe estava destinado. Levaram-no um silêncio ao quarto em que deveria ficar encerrado, como se leva um morto ao cemitério.

Esse aposento estava ocupado por um velho solitário de Port-Royal, Gordon, que ali se estiolava havia dois anos já. Disse-lhe o chefe dos esbirros:

— Trago-te companhia.

E imediatamente trancou os ferrolhos da porta espessa, revestida por grossas barras. Os dois prisioneiros ficaram separados de todo o universo.

O INGÊNUO ENCERRADO NA BASTILHA COM UM JANSENISTA

Gordon era um velhinho rosado e sereno, que sabia duas grandes coisas: suportar a adversidade e consolar os infelizes. Adiantou-se para o companheiro com ar compassivo e franco, abraçou-o e disse:

— Quem quer que sejas, se vens compartilhar o meu túmulo, fica certo que sempre me esquecerei de mim mesmo, para suavizar os teus tormentos neste abismo infernal em que nos lançaram. Adoremos a Providência, que aqui nos trouxe, soframos em paz e tenhamos esperança.

Estas palavras produziram na alma do Ingênuo o efeito de gotas da Inglaterra, que trazem um moribundo à vida, fazendo-o arregalar olhos assombrados.

Após as primeiras saudações, Gordon, sem o instigar a dizer-lhe o motivo do seu infortúnio, inspirou-lhe, pela moderação da sua palestra e por esse interesse recíproco que sentem dois infelizes, o desejo de abrir o coração e depor o fardo que o acabrunhava. Mas o Ingênuo não compreendia o motivo da sua desgraça, que lhe parecia um efeito sem causa. Gordon ficou tão surpreendido quanto ele.

— Deus deve ter-te reservado grande missão, porque te conduziu do lago Ontário à Inglaterra e à França, fazendo com que te batizasses na Baixa-bretanha, e que te encerrassem aqui para tua salvação.

— Creio que só o diabo foi quem se pôs no meu destino. Os meus compatriotas da América nunca me seriam capazes de tratar com desumanidade igual a esta. Chamam-nos de selvagens; são realmente, um tanto rústicos, mas os homens deste país não passam de refinados canalhas. Sinto-me bem surpreso por ter vindo do outro lado do mundo para ser trancafiado no de cá com um padre, mas lembro-me do prodigioso número de homens que partem de um hemisfério para irem matar-se no outro, ou que naufragam em viagem e são devorados pelos peixes: não distingo os bondosos desígnios de Deus em todos esses casos.

Passaram-lhes o jantar pelo postigo. A conversação versou sobre a Providência, sobre as cartas régias e sobre a arte de não sucumbir às infelicidades a que estão sujeitos todos os homens neste mundo.

— Há dois anos que estou aqui, sem outra consolação além de livros e de mim mesmo, e ainda não tive um único momento de mau humor.

— Ah! Gordon, é porque o senhor não gosta da sua madrinha. Se conhecesse, como eu, a senhorita de Saint-Yves, garanto que estaria desesperado.

Ao dizer estas palavras não pôde reter as lágrimas, e sentiu-se um pouco menos oprimido:

— Mas, por que será que as lágrimas aliviam? Sempre pensei que produzissem efeito inteiramente oposto.

— Meu filho, tudo é físico em nós. Todas as secreções beneficiam o corpo, e tudo que o alivia, alivia a alma. Somos máquinas da Providência.

O Ingênuo, que possuía, como já se disse, um espírito muito profundo, refletiu bastante sobre essa idéia, cuja semente tinha a impressão de já trazer consigo. Perguntou depois ao ancião por que motivo a sua máquina estava, há dois anos, fechada a quatro chaves.

— Por causa da graça eficaz. Têm-me por jansenista, porque conheci Arnauld e Nicoleo. Os jesuítas nos perseguiram, por pensarmos que o papa é apenas um bispo como outro qualquer. Foi por isso que o Padre La Chaise obteve do seu penitente, o rei, ordem para me roubar, sem nenhuma formalidade legal, o mais precioso dos bens: a liberdade.

— Que coisa singular! Todos os infelizes que conheço devem sua desdita ao papa! Quanto à sua graça eficaz, confesso que não a entendo. Mas considero uma graça enorme o ter-me Deus feito encontrar na infelicidade um homem como o senhor, que consegue proporcionar-me consolações que eu nunca saberia descobrir.

Cada dia se tornava mais interessante e instrutiva a conversa. As almas dos dois cativos iam-se afeiçoando progressivamente. O ancião sabia muitas coisas, e o rapaz tinha vontade de aprender. Em um mês devorou uma geometria inteira. Gordon deu-lhe para ler a física de Rohault, que ainda estava na moda, e o hurão teve o bom-gosto de só encontrar incertezas nas suas afirmativas.

Em seguida, leu o primeiro volume da "Busca da verdade", e sentiu-se iluminado:

— O que! Pois então os sentidos e a imaginação nos enganam a tal ponto! Os objetos não formam as nossas idéias, e nós também não podemos formá-las à vontade!

Quando leu o segundo volume já não ficou tão contente, e concluiu que é mais fácil destruir que criar. O companheiro, admirado por ver um jovem ignorante refletir desse modo, próprio das almas cultas, tomou-se de respeito pela sua inteligência, estimando-o mais ainda. Disse-lhe o Ingênuo:

— O seu Malebranche parece ter escrito metade do livro com a inteligência, e a outra metade com a imaginação e com os preconceitos.

Alguns dias depois, Gordon perguntou-lhe:

— Que juízo fazes da alma, do modo pelo qual recebemos as idéias, da vontade, das causas, do livre-arbítrio?

— Nada. Se fosse pensar alguma coisa, creio que pensaria estarmos sob a proteção do Ser eterno, como os astros e os elementos; que Ele dispõe de nós, pequenas engrenagens da imensa máquina da qual é a alma; que Ele obra por leis gerais, e não por desígnios particulares. Só isso me parece compreensível. O resto é para mim um abismo de trevas.

— Mas, meu filho, isso seria fazer de Deus o criador do pecado.

— Ora, meu amigo, a sua graça eficaz também dá a Deus a paternidade do pecado, pois diz que são pecadores todos aqueles a quem ela é recusada: não lhe parece que é criador do pecado quem a ele nos abandona?

Essa candura deixava Gordon muito embaraçado. Sentia que estava fazendo vãos esforços para safar-se do atoleiro, e reunia para isso tal número de palavras que pareciam ter significação, mas na realidade sem nenhuma (no estilo da predeterminação física), que o Ingênuo chegava a ficar com dó. A pergunta do hurão ligava-se à origem do bem e do mal. O pobre Gordon foi então obrigado a passar em revista a caixa de Pandora, o ovo de Ormuz furado por Arimã, a inimizade entre Tifon e Osíris e, para rematar, o pecado original. Ambos andavam às apalpadelas dentro dessa noite sombria, sem nunca se encontrarem. Mas o bom é que o romance da alma lhes desviava a atenção da própria miséria, e como por magia a multidão de calamidades espalhadas pelo universo lhes diminuía as tristezas; não ousavam queixar-se quando viam que tudo era sofrimento.

Mas, no silêncio da noite, a imagem da bela Saint-Yves apagava no espírito do amante todas essas idéias de metafísica e de moral. Acordava com os olhos úmidos de pranto, e o velho jansenista esquecia a graça eficaz, o reverendo de Saint-Cyran e Jansenius para consolar um rapaz que, na sua opinião, estava em pecado mortal.

Depois de leituras e de raciocínios, conversavam ainda sobre suas aventuras; e depois de terem inutilmente conversado sobre elas, liam juntos ou separadamente. O espírito do hurão fortificava-se cada vez mais. Teria ido bem longe, principalmente em matemáticas, se não fossem as distrações que lhe dava a senhorita de Saint-Yves.

Leu histórias que o entristeceram. O mundo parecia-lhe excessivamente mau e mesquinho. Com efeito, a História de homens inocentes e pacatos desaparece sempre nesses vastos teatros, em que os personagens não passam de perversos ambiciosos. A História é como a tragédia: perde o interesse quando não é animada por paixões, crimes e infortúnios. É preciso armar Clio de um punhal, como Melpomene.

Embora a história da França estivesse cheia de horrores, aliás como todas as outras, pareceu-lhe tão asquerosa no princípio, tão árida no meio, tão insignificante, afinal, mesmo no reinado de Henrique IV, sempre tão despida de grandes monumentos, tão estranha às grandes descobertas que ilustraram outras nações, que era obrigado a lutar contra o tédio ao ler todos esses pormenores de obscuras calamidades adstritas a um canto da terra.

Gordon era da mesma opinião. Os dois riam-se de dó, quando se tratava dos soberanos de Fezensac, de Fesanguet e de Astarac[1]. Esse estudo só teria utilidade para os herdeiros, se os tivessem. Os belos séculos da república romana deixaram o Ingênuo por algum tempo

---

1. Minúsculos países da antiga França, hoje fazendo parte dos departamentos de Gers, Sot-et-Garonne e Haute-Garonne.

indiferente para com o resto da Terra. O espetáculo de Roma vitoriosa e legisladora ocupava-lhe inteiramente o espírito. Ficava excitado ao contemplar esse povo que, durante setecentos anos, foi governado pela veneração da liberdade e da glória.

Assim passavam-se os dias, as semanas, os meses. O hurão ter-se-ía sentido feliz naquele reduto do desespero, se não estivesse apaixonado. Sua natural bondade se enternecia ao lembrar-se do pároco de Nossa-Senhora-da-Montanha e da sensível Kerkabon:

— Que pensarão eles, por não receberem notícias minhas? Certamente vão tachar-me de ingrato.

Estas frases, que repetia sempre, atormentavam-no: condoía-se dos que o estimavam muito mais que de si mesmo.

DE COMO O INGÊNUO DESENVOLVE A INTELIGÊNCIA

A leitura engrandece a alma, e um amigo esclarecido a consola. O nosso cativo desfrutava essas duas vantagens, de cuja existência nunca suspeitara:

— Sinto-me inclinado a crer em metamorfoses, porque fui transformado de bruto em homem.

Formou uma biblioteca escolhida com parte do dinheiro de que lhe permitiam dispor. Gordon estimulou-o a fixar suas reflexões. Eis o que escreveu sobre a história antiga:

"Suponho que as nações foram muito tempo como eu, só se instruíram muito tarde, e durante séculos só se preocuparam com o momento que corria, muito pouco com o passado, e jamais com o futuro. Percorri mais de seiscentas léguas do Canadá, e não encontrei um único monumento; lá ninguém sabe o que fazia o bisavô. Não será esse o estado natural do homem? A espécie deste continente parece-me superior à daquele. Procurou elevar-se, durante séculos, pelas artes e pelas ciências. Deve-se atribuir ao fato de ter barba, ao passo que Deus a negou aos americanos? Não creio: os chineses quase não têm barba e cultivam as artes há mais de cinco mil anos. Com efeito, se eles possuem mais de quatro mil anos de história, é preciso que a nação se tivesse formado e florescido há mais de cinqüenta séculos.

"Uma coisa, principalmente, me impressiona na antiga história da China: é que tudo parece verossímil e natural. Admiro-a porque não tem nada de miraculoso.

"Por que todas as outras nações forjaram origens fabulosas para si? Os velhos cronistas da história da França, que não são muito antigos, fazem provir os franceses de um tal Francus, filho de Heitor: os romanos diziam-se descendentes de um frígio, embora na sua língua não houvesse uma única palavra com origem frígia: os deuses habitaram dez mil anos no Egito, e os diabos na Cítia, onde geraram os hunos. Antes de Tucídides só encontro romances semelhantes aos de Amadis, e muito menos divertidos. Por toda parte se vêem aparições, oráculos, prodígios, sortilégios, metamorfoses, sonhos revelados que marcam o destino dos maiores impérios e dos menores países; aqui, animais que falam, ali, animais que são adorados, deuses transformados em homens e homens transformados em deuses. Ah! Se as fábulas nos são imprescindíveis, que sejam ao menos o símbolo da verdade! Adoro as fábulas dos filósofos, rio-me com as das crianças, e abomino as dos impostores".

Um dia, deparou-se-lhe uma história do tempo do imperador Justiniano, narrando que alguns apedeutas[1] de

---

1. Ignorantes, gente sem educação.

Constantinopla haviam promulgado um édito, em péssimo grego, contra o maior capitão do século, porque esse herói dissera, no calor da conversação: "A verdade brilha por si própria,não se iluminam os espíritos com a chama das fogueiras". Os apedeutas afirmaram que era herética essa proposição, e que o axioma contrário era católico, universal e grego: "Só se iluminam os espíritos com a chama das fogueiras, e a verdade não pode brilhar por si própria, e que esses línigeros[1] condenaram assim inúmeros discursos do capitão, e promulgaram éditos.

O Ingênuo admirou-se:

— Que absurdo, gente dessa espécie promulgando éditos!

— Não eram éditos, meu caro, eram contra-éditos, dos quais todo o mundo zombava em Constantinopla, a começar pelo imperador. Justiniano foi um sábio príncipe, que reduziu esses apedeutas linígeros à contingência de só praticar o bem. Não ignorava que esses indivíduos e muitos outros pastóforos[2] haviam esgotado a paciência dos seus predecessores com contra-éditos sobre assuntos ainda mais graves.

— Pois fez muito bem! Deve-se amparar e ao mesmo tempo refrear os pastóforos.

O Ingênuo escreveu ainda outros pensamentos que deixaram o velho Gordon assombrado:

"Levei cinqüenta anos instruindo-me, e temo não poder atingir o bom-senso natural deste rapaz quase selvagem! Creio que fortifiquei laboriosamente os preconceitos, enquanto ele apenas ouviu a simples natureza".

---

1. Que andam, vestidos de linho. É uma alusão aos doutores da Sorbonne, que haviam censurado o "Belisário".
2. Sacerdotes que se vestiam com longas túnicas.

O jansenista tinha algumas dessas brochuras periódicas de crítica, em que homens incapazes de produzir o que quer que seja denigrem as produções dos outros, em que uns Visé insultam Racine, e uns Favdit injuriam Fénelon. O Ingênuo percorreu algumas, e disse:

— Comparo-os a certos mosquitos que vão pôr os ovos no traseiro dos mais belos cavalos: isso não os impede de galopar.

Os dois filósofos mal se dignavam lançar os olhos por sobre esses excrementos da literatura. Começaram a estudar elementos de astronomia. O Ingênuo mandou comprar uns globos, que o encantaram:

— Como é duro só vir a conhecer o céu no momento em que me roubaram o direito de contemplá-lo! Júpiter e Saturno giram nos imensos espaços; milhões de sóis iluminam milhares de mundos; e no pedacinho de terra a que fui jogado, existem seres que me privam de todos esses globos que a minha vista poderia alcançar, e daquele em que Deus me fez nascer! A luz, feita para todo o universo, está perdida para mim. Ninguém me roubava no horizonte setentrional em que passei a infância e a juventude. Sem o senhor, meu caro Gordon, estaria aqui como no vácuo.

A OPINIÃO DO INGÊNUO SOBRE
AS PEÇAS DE TEATRO

O jovem Ingênuo parecia uma dessas árvores vigorosas que, nascidas em solo ingrato, estendem em pouco tempo as raízes e os galhos quando transplantadas para terreno favorável. E era bem extraordinário que fosse uma prisão esse terreno.

Entre os livros que ocupavam o ócio dos dois cativos, estavam alguns de poesia, de traduções das tragédias gregas e peças do teatro francês. Os versos que falavam de amor levaram ao coração do Ingênuo alegria e mágoa ao mesmo tempo. Todos lhe recordavam a adorada Saint-Yves. A fábula dos dois pombos fê-lo sofrer, porque sabia estar bem longe de poder voltar ao pombal.

Moliére entusiasmou-o. Revelava-lhe os costumes de Paris e do gênero humano. Gordon perguntou-lhe:

— Qual das suas comédias preferes?

— "Tartufo", sem dúvida.

— Penso como tu. Foi um tartufo que me lançou nesta masmorra, e foram talvez outros tartufos que fizeram a tua desgraça, meu amigo. E que achas destas comédias gregas?

— Ótimas para os gregos.

Mas quando leu a "Ifigênia" moderna, "Fedra", "Andrômaca", "Atália", sentiu-se extasiado, suspirou, derramou lágrimas e decorou-as sem querer.

— Lê "Rodogume". Dizem que é a obra-prima do teatro. As outras peças, que tanto te agradaram, nada são comparadas a essa.

O jovem disse, desde a primeira página:

— Esta peça não é do mesmo autor.

— Como o sabes?

— Nada com segurança; mas estes versos não me vão nem ao ouvido nem ao coração.

— Ora, isso só acontece com os versos.

— Então, para que fazer a peça em verso?

Depois de ter lido a peça, com o intuito de divertir-se, ficou olhando o amigo com expressão seca e assustada, sem saber que dizer. Afinal, instado para que prestasse contas do que sentira, eis o que respondeu:

— Não entendi absolutamente o começo; lá pelo meio, fiquei revoltado; a última cena me comoveu bastante, embora me pareça pouco verossímil; não me interessei por nenhum personagem, e não guardei vinte versos sequer, eu que retenho todos quando me agradam.

— Neste caso, ela é talvez como muita gente: não merece o lugar que ocupa. Isto é uma questão de gosto, e o meu não deve estar formado ainda, posso ter-me enganado. Mas o senhor sabe que estou bastante habituado a dizer o que penso, ou melhor, o que sinto. Desconfio que o julgamento dos homens é modificado pela moda, pela ilusão e pelo capricho. Falei conforme o meu natural, e é possível que ele seja ainda muito imperfeito. Mas pode ser também que o natural seja bem pouco consultado pela maioria dos homens.

Recitou então uns versos da "Ifigênia", que lhe enchiam as medidas, e embora não soubesse declamar, realçou-os com tal unção e veracidade, que fez o velho jansenista chorar. Em seguida leu "Cina" que não provocou pranto, mas admiração.

A BELA SAINT-YVES VAI A VERSALHES

Enquanto o nosso desventurado se instruía mais do que se consolava, enquanto a sua inteligência, tanto tempo abafada, se desenvolvia com força e rapidez, enquanto a natureza, que nele se aperfeiçoava, o vingava dos ultrajes da sorte, que foi feito do prior, da sua bondosa irmã e da bela reclusa Saint-Yves?

No primeiro mês ficaram inquietos, no terceiro desesperados; as falsas conjeturas, os rumores mal fundados os deixaram cheios de alarme; ao cabo de seis meses deram-no por morto. Um dia, o prior e a irmã souberam, por carta que um guarda do rei escrevera, que um jovem parecido com o Ingênuo tinha chegado a Versalhes, mas fora raptado na mesma noite, e que desde então não se ouvira mais falar nele. A senhorita de Kerkabon suspirava:

— Ai de nós! O nosso sobrinho deve ter feito alguma das suas, e arranjado complicações. Ele é jovem, é da Baixa-Bretanha, não pode saber como nos devemos comportar na corte. Meu caro irmão, eu nunca vi nem Versalhes nem Paris: eis uma boa ocasião, e encontraremos talvez o nosso pobre sobrinho, que é filho do nosso irmão e a quem temos o dever de auxiliar. Quem sabe se conseguiremos fazê-lo subdiácono, agora que o fogo da sua juventude está mais amortecido? Ele tinha muita inclinação pelas ciências, você se lembra como raciocinava sobre o Velho e o Novo Testamento? Somos responsáveis pela sua alma, porque fomos nós que o fizemos batizar-se, e a sua querida Saint-Yves passa os dias chorando. Precisamos mesmo ir a Paris. Se ele estiver metido num desses horrendos antros de prazer, sobre os quais já me têm contado tanta coisa, nós o arrancaremos de lá.

O prior concordou com a irmã. Foi procurar o bispo de Saint-Malô, que batizara o Ingênuo, e pediu-lhe conselho e proteção. O prelado aprovou a viagem. Deu ao prior cartas de recomendação para o padre La Chaise, que era o confessor do soberano, a mais alta dignidade do reino, para o arcebispo de Paris, Harlay, e para o bispo de Meaux, Bossuet.

Os dois irmãos partiram. Quando chegaram a Paris, viram-se como que perdidos em vasto labirinto, sem entrada nem saída. Tinham pouco dinheiro, e precisavam tomar carros diariamente para dar buscas, em que nada encontravam.

O prior apresentou-se em casa do padre La Chaise: ele estava com a senhorita Du Thron, não podia dar audiência a priores. Bateu à porta do arcebispo: estava invisível, tratando, com a bela senhora de Lesdiguières, dos negócios da Igreja. Correu à casa de campo do bispo de Meaux: estava examinando, com a senhorita de Mauléon, o amor platônico da senhora Guyon. Apesar disso, conseguiu ser ouvido pelos dois prelados: ambos lhe declararam que não podiam imiscuir-se no caso, porquanto o seu sobrinho não era subdiácono.

Afinal, avistou-se com o jesuíta, que o recebeu de braços abertos, protestando ter-lhe tido sempre particular estima, mesmo antes de o conhecer. O padre La Chaise, jurou-lhe que a Sociedade dos Jesuítas sempre apreciara muito os bretões.

— Mas, não teria o vosso sobrinho a infelicidade de ser huguenote?

— Não seria por acaso jansenista?

— Posso afirmar a Vossa Reverendíssima que ele é apenas cristão. Foi batizado há onze meses, mais ou menos.

— Muito bem, muito bem, tomaremos conta dele. E o vosso rendimento é grande?

— Oh! Muito pequeno, e o sobrinho nos sai muito caro.

— Existem jansenistas nos arredores? Tomai cuidado, meu caro prior, são mais perigosos que os huguenotes e que os ateus.

— Meu reverendo, em Nossa-Senhora-da-Montanha nem se sabe o que é o jansenismo.

— Tanto melhor, tanto melhor. Pois bem: não há nada que não faça por vós.

O padre La Chaise despediu afetuosamente o prior, e não pensou mais no caso.

Passava o tempo, o prior e sua bondosa irmã iam ficando cada vez mais desesperançados.

Enquanto isso, o maldito juiz apressava o casamento do abobado do seu filho com a bela Saint-Yves, que haviam tirado especialmente para esse fim do convento. Ela amava sempre o querido afilhado, tanto quanto execrava o marido que lhe queriam impingir. A afronta de ter sido encarcerada num convento lhe aumentava a paixão; a ordem para desposar o filho do juiz fazia-a chegar ao paroxismo. As saudades, o afeto e o asco transtornavam-lhe a alma. O amor de uma donzela, como se sabe, é muito mais engenhoso e ousado que a amizade de um velho prior e de uma tia com quarenta anos feitos. Além disso, ficara muito sabida com os romances que lera às escondidas no convento.

A bela Saint-Yves lembrava-se da carta que escrevera um bretão, guarda do regimento, e que fora comentada em toda a província. Resolveu ir pessoalmente a Versalhes tomar informações, arremessar-se aos pés dos ministros e obter justiça para o amante, que estava preso, segundo se dizia. Tinha o secreto pressentimento de que na corte nada se negava a uma bela mulher. Mas ignorava qual era o preço.

Sentiu-se consolada e tranqüila depois de tomar essa resolução, e não repeliu mais o tonto do pretendente; acolheu o detestável sogro, alisou o irmão, espalhou, enfim, a alegria por toda a casa. Depois, no dia marcado para a cerimônia, partiu secretamente às quatro horas da manhã, com os presentinhos de casamento e tudo o que pudera reunir. Suas medidas haviam sido tão bem tomadas, que já estava a mais de dez léguas quando entraram no seu quarto, lá pelo meio-dia. A surpresa e a consternação foram enormes. O xereta do juiz fez nesse dia mais perguntas do que durante a semana inteira, e o noivo ficou mais pateta do que nunca. O reverendo de Saint-Yves, encolerizado, resolveu ir no encalço da irmã. O magistrado e o filho quiseram acompanhá-lo, e, assim, a Providência conduziu a Paris quase que todo o cantão da Baixa-Bretanha.

A bela Saint-Yves não duvidou que seria seguida. Estava a cavalo, e perguntava jeitosamente aos correios se não tinham encontrado um gordo abade, um enorme magistrado e um jovem abobado correndo na estrada de Paris. Tendo sabido, no terceiro dia, que já não andavam longe, tomou caminho inteiramente diverso, e teve bastante sorte e habilidade para chegar a Versalhes, enquanto a procuravam inutilmente em Paris.

Mas como iria proceder em Versalhes? Jovem, bonita, sem conselhos e sem apoio, desconhecida, a tudo exposta, como ousaria procurar um guarda do rei? Teve a idéia de se dirigir a um jesuíta de baixa categoria, pois havia-os para todas as condições da vida: assim como Deus dera alimentos diferentes para as diversas espécies animais, dera ao rei o padre La Chaise, que todos os padres pedinchões chamavam de "chefe da igreja galicana", e às princesas seus confessores; os ministros não os tinham, não eram tolos; vinham depois os jesuítas populares, e principalmente os confessores das empregadas, pelas quais sabiam os segredos das patroas, o que já não era pequena ocupação.

A formosa Saint-Yves dirigiu-se a um destes últimos, o padre Tudo-a-todos. Confessou-se a ele, expôs-lhe suas aventuras, sua situação perigosa, e rogou-lhe que a escondesse em casa de alguma bondosa devota que a pusesse ao abrigo das tentações.

O padre Tudo-a-todos levou-a à casa da mulher de um vidraceiro, uma de suas mais fiéis penitentes. Assim que lá se achou, foi logo tratando de ganhar a confiança e a amizade dessa mulher. Informou-se a respeito do guarda bretão, e mandou pedir-lhe que viesse vê-la. Tendo sabido por ele que seu amante fora raptado depois de falar com um primeiro comissário, correu à casa deste: a sua presença amansou-o, porque é preciso reconhecer que Deus só criou as mulheres para aprisionar os homens. O escrevinhador, baboso, tudo confessou:

— Vosso amante está na Bastilha há quase um ano, e sem vós ali ficará a vida inteira, provavelmente.

A meiga Saint-Yves desmaiou. Quando recuperou os sentido, o rabiscador lhe disse:

— Não tenho prestígio para fazer o bem, meu poder se limita a fazer o mal algumas vezes. O melhor é irdes à casa do sr. de Saint-Pouange, primo e favorito do senhor de Louvois. O ministro tem duas almas: o sr. de Saint-Pouange, e a senhora Dufresnoy; mas esta não está em Versalhes no momento, só vós resta tentar comover o protetor que indiquei.

A linda Saint-Yves, entre um pouco de alegria e mágoas extremas, entre alguma esperança e tristes temores, perseguida pelo irmão, adorando o noivo, enxugando lágrimas e derramando-as ainda, trêmula, debilitada e procurando encorajar-se, correu pressurosamente à casa do sr. de Saint-Pouange.

PROGRESSOS INTELECTUAIS DO INGÊNUO

O Ingênuo fazia rápidos progressos nas ciências, e principalmente na ciência do homem. O pronto desenvolvimento do seu espírito era causado quase tanto pela sua educação selvagem como pela têmpera da sua alma. Não tendo aprendido coisa alguma na infância, não estava atulhado de preconceitos. Seu entendimento, não tendo sido vergado pelo erro, conservava-se ereto. Via as coisas como são, ao passo que as idéias inculcadas na infância nos obrigam a vê-las a vida inteira como não são. Dizia a Gordon:

— Os seus perseguidores são abomináveis! Lamento-o por vê-lo oprimido, e por ser jansenista. Toda seita me parece a repetição do erro. Diga-me lá: existem seitas em geometria?

— Não, meu caro rapaz, os homens estão todos de acordo sobre as verdades demonstradas, e nunca sobre as verdades obscuras.

— Sobre as mentiras obscuras, pode dizer. Se houvesse uma única verdade na multidão de argumentos que se repisam há tantos séculos, já a teriam descoberto, e o universo estaria concorde ao menos quanto a esse ponto. Se essa verdade fosse necessária como o sol o é para a terra, seria brilhante como ele. É um absurdo, um ultraje ao gênero humano, um atentado contra o Ente infinito e supremo o dizer-se: há uma verdade essencial para o homem, e Deus a escondeu.

Tudo o que dizia o jovem ignorante, instruído pela natureza, causava profunda impressão no espírito do velho sábio.

— Será mesmo verdade que me tenha desgraçado apenas por quimeras? Estou muito mais convencido da minha infelicidade que da graça eficaz. Consumi meus dias a raciocinar sobre a liberdade de Deus e do gênero humano, mas perdi a minha. Nem Santo Agostinho nem São Próspero me arrancarão do abismo em que me encontro.

— Olhe: quer que lhe fale com uma confiança um tanto atrevida? Pois os que se deixam perseguir por essas vãs disputas escolásticas parecem-me pouco sensatos, e considero monstros os perseguidores.

Os dois reclusos estavam absolutamente de acordo sobre a injustiça de seu cativeiro:

— Mereço cem vezes mais compaixão do que o senhor, porque nasci livre como o ar. Tinha duas vidas: a liberdade e o meu amor: roubaram-nas. Eis-nos aqui nos ferros, sem saber por que motivo, e sem poder descobri-lo. Vivi vinte anos como hurão; chamam-nos de bárbaros porque se vingam dos inimigos, mas nunca os vi oprimir amigos. Logo que pus os pés na França, derramei por ela o meu sangue. Salvei, talvez, uma província, e como recompensa afundaram-me neste túmulo de vivos, onde teria morrido de ódio sem o senhor. Pois então não existem leis neste país? Condenam-se homens sem os ouvir? Na Inglaterra não é assim. Ah! não era contra os ingleses que eu devia ter combatido!

A sua filosofia nascente ainda não podia subjugar a natureza, ultrajada no primeiro de seus direitos, e dava livre curso a tão justa cólera. O companheiro não o contradizia.

A ausência aumenta sempre o amor insatisfeito, e a filosofia não o diminui. O Hércules falava tão freqüentemente na sua adorada Saint-Yves quanto sobre moral e metafísica. Quanto mais se afinavam os seus sentimentos, mais a amava. Leu alguns romances modernos, e encontrou pouco que lhe pintassem a situação da alma:

— Ah! quase todos estes autores têm apenas espírito e arte.

O bom Gordon pouco a pouco se tornou o confidente do seu afeto. Até ali só conhecera o amor como um pecado de que nos acusamos em confissão. Aprendeu a conhecê-lo como um sentimento tão terno, quanto nobre, que tanto pode elevar a alma como enfraquecê-la, e chegar até a produzir grandes qualidades. Enfim, como último prodígio, um hurão convertia um padre jansenista.

A BELA SAINT-YVES RESISTE A
CERTAS PROPOSTAS

A bela Saint-Yves, mais apaixonada ainda que o amante, foi então à casa do sr. de Saint-Pouange, acompanhada pela amiga com quem estava morando. Ambas escondiam o rosto debaixo dos toucados. A primeira coisa que viu, logo à porta, foi o reverendo de Saint-Yves, seu irmão, que de lá saía. Ficou receosa, mas a devota amiga acalmou-a:

— Precisamente porque vieram falar de ti é que deves falar também. Fica certa de que neste país os acusadores têm sempre razão, se ninguém se apressar em desmascará-los. Ou muito me engano, ou a tua presença vai impressionar muito mais que as palavras do teu irmão.

Por pouco que se encoraje uma noiva apaixonada, já ela se sente ousada. A Saint-Yves apresentou-se à audiência. Sua juventude, seus encantos, seus meigos olhos banhados de lágrimas atraíram todas as atenções. Cada cortesão do subministro esqueceu por instantes o ídolo do poder para contemplar o da beleza. O sr. de Saint-Pouange fê-la entrar num gabinete. Ela falou com tal emoção e graça, que o subministro sentiu-se abalado. Como a Saint-Yves tremesse, tranqüilizou-a:

— Vinde esta noite, os vossos negócios merecem reflexão e comentários demorados. Agora há gente demais aqui, e as audiências são dadas com extrema rapidez. É preciso tratar a fundo tudo o que vos diz respeito.

E tendo-lhe feito o elogio da beleza e dos sentimentos, recomendou-lhe que voltasse às sete da noite.

A formosa Saint-Yves não faltou à entrevista, e a devota amiga acompanhou-a novamente, mas teve que ficar no salão, onde se pôs a ler o "Pedagogo cristão", enquanto o sr. de Sain-Pouange e a senhorita conversavam num gabinete particular:

— Acreditar-me-eis, senhorita, se vos contasse que o vosso irmão aqui esteve solicitando-me uma carta régia contra a vossa pessoa? Mas creio que com mais facilidade eu seria capaz de mandar expedir uma outra, recambiando-o para a Bretanha.

— Pelo que vejo, prodigalizam-se as cartas régias nos vossos ministérios, pois que as vêm solicitar dos confins do reinado, como empregos. Não tenho a menor intenção de pedir nada contra o meu irmão. Tenho muitos motivos para queixar-me dele, mas respeito a liberdade humana. O que desejo é o livramento do homem que vou desposar, a quem o rei deve a conservação de uma província, que ainda pode servi-lo utilmente e que é filho de um oficial morto em seu serviço. De que o acusam: Como podem tratá-lo assim tão cruelmente, se não o ouviram?

O subministro mostrou-lhe então a carta do jesuíta espião e a do pérfido juiz.

— Que horror! Pois existem semelhantes monstros na terra! E querem forçar-me a casar com o ridículo filho de um homem ridículo e malvado! E fundados em semelhantes testemunhos é que se decidem aqui os destinos dos cidadãos!

Ajoelhou-se, e soluçando pediu-lhe a liberdade do homem que adorava. Nessa posição, seus encantos ficaram ainda mais sugestivos. Estava tão bonita que o Saint-Pouange, perdendo pudor, insinuou que ela tudo obteria se lhe desse as primícias do que reservava para o marido. A Saint-Yves, assustada e confusa, simulou muito tempo não o ter entendido: tornaram-se necessárias explicações mais claras. Uma palavra, murmurada a princípio com recato, atraía outra mais forte, seguida por outras ainda mais expressivas. Ofereceu não só a revogação da carta régia, como também recompensas, dinheiro, honrarias, propriedades: e quanto mais prometia, mais aumentava o seu desejo de não ser rechaçado.

A Saint-Yves chorava, meio sufocada, recostando-se num sofá, mal acreditando no que via e ouvia. Saint-Pouange, por sua vez, jogou-se aos seus pés. Não era despido de atrativos, não teria espavorido um coração menos apaixonado. Mas a Saint-Yves adorava o noivo, e reputava horrível crime traí-lo para o servir. Saint-Pouange redobrava as súplicas e as promessas, até que com a cabeça transtornada lhe declarou que aquele seria o único meio de tirar da prisão o homem por quem demonstrava tão violento e afetuoso interesse.

Prolongando-se a singular entrevista, a devota ia pensando lá na antecâmara, enquanto lia o "Pedagogo Cristão":

— Meus Deus! Que estarão eles fazendo há duas horas! Nunca o sr. de Saint-Pouange deu tão longa audiência! Talvez tenha recusado tudo à pobre moça, e ela ainda o esteja persuadindo.

Afinal, a companheira saiu do gabinete particular, completamente fora de si, sem poder falar, refletindo profundamente sobre o caráter dos grandes e dos semigrandes, que sacrificam tão levianamente a liberdade dos homens e a honra das mulheres.

Não abriu a boca durante o caminho. Mas ao chegar à casa não pode conter-se, disse-lhe tudo. A devota fez inúmeros sinais da cruz:

— Minha cara amiga, precisas consultar amanhã mesmo o padre Tudo-a-todos, nosso diretor. Ele tem muito prestígio junto ao sr. de Saint-Pouange, é confessor de muitas empregadas da sua casa. É homem piedoso e complacente, que também dirige algumas mulheres de qualidade. Confia-te a ele, é como eu faço, e sempre me dei muito bem. Nós, pobre mulheres, temos sempre necessidade de ser guiadas por um homem.

— Pois bem! Amanha irei consultar o reverendo Tudo-a-todos.

ELA CONSULTA UM JESUÍTA

Assim que a formosa e desconsolada Saint-Yves ficou a sós com o bondoso confessor, disse-lhe que um fidalgo poderoso e sensual lhe propusera tirar da prisão o homem a quem ia legitimamente unir-se, mas que pedia pelo serviço um preço muito penoso; que experimentava horrível repugnância por semelhante infidelidade e que, se só estivesse em jogo a própria vida, preferiria sacrificá-la a ceder. O padre Tudo-a-todos exclamou:

— Que pecador abominável! Deveríeis dizer-me o nome desse abjeto indivíduo. Com certeza é algum jansenista: vou denunciá-lo a Sua Reverendíssima, o padre La Chaise, que o mandará pôr no cárcere em que está presentemente o vosso futuro marido.

A pobre moça, depois de longa perplexidade e sérias indecisões, acabou revelando-lhe o nome de Saint-Pouange.

— O sr. de Saint-Pouange? Ah! então o caso é diferente! Ele é primo do maior ministro que já tivemos até hoje, homem de bem, protetor da boa causa, cristão fiel, nunca poderia ter tido semelhante intenção: naturalmente ouviste mal.

— Ah! meu pai, ouvi até demais. Estou perdida, faça o que fizer. Tenho que optar entre a infelicidade e a desonra: ou deixo o meu amante enterrado vivo na masmorra, ou me torno indigna de viver. Não posso permitir que pereça, e também não o posso salvar.

O padre Tudo-a-todos esforçou-se por acalmá-la com estas melífluas palavras:

— Em primeiro lugar, não vos fica bem dizer "meu amante": Há qualquer coisa aí de mundano, que poderia ofender a Deus. Podeis chamá-lo de "meu marido", porque embora ele ainda não o seja, vós já o considerais como tal, e nada mais correto do que isso. Em segundo lugar, ainda que ele seja o vosso esposo em idéia, em esperança, não o é realmente: não cometereis, pois, um adultério, pecado enorme que se deve evitar o mais possível. Em terceiro lugar, as ações não têm malícia culposa quando a intenção é boa, e nada mais puro do que libertar o vosso marido. Em quarto lugar, tendes exemplos na santa antigüidade que podem orientar maravilhosamente a vossa conduta. Conta Santo Agostinho que, no proconsulado de Septimius Avydinus, aos 340 da nossa salvação, um pobre homem, não podendo pagar a César o que era de César, foi condenado à morte, como é de justiça, apesar da máxima: "Onde não há nada, o rei perde os direitos". A dívida importava em uma libra de ouro. O condenado tinha por esposa uma criatura em quem Deus havia reunido a beleza e a prudência. Um velho ricaço prometeu dar à mulher uma libra de ouro, e mais até, desde que acedesse em combater com ele o pecado imundo. Salvando o marido, a senhora não se considerou pecadora. Santo Agostinho aprovou-lhe calorosamente a generosa resignação. É verdade que o velho ricaço a enganou, e o marido nem por isso deixou de ser enforcado, mas ela fizera tudo o que esteve ao seu alcance para livrá-lo da morte. Podeis ficar certa, minha filha, que se um jesuíta vos indica Santo Agostinho, é porque esse santo tem plena razão. Nada vos aconselho: sois sensata, é de presumir-se que auxiliareis o vosso marido. O sr. de Saint-Pouange é honesto, não vos iludirá. É tudo o que posso dizer-vos: rezarei a Deus por vós, e espero que tudo se passe para sua maior glória.

A bela Saint-Yves, não menos assustada com os conselhos do jesuíta do que pelas propostas do sub-ministro, voltou inteiramente fora de si para casa da amiga. Sentia-se inclinada a escapar, pela morte, do horror de deixar em horrível cativeiro o amante que adorava, e da vergonha de o libertar à custa do mais precioso bem que possuía, e que só a ele deveria entregar.

ELA SUCUMBE POR VIRTUDE

A formosa Saint-Yves pediu à amiga que a matasse. Mas essa mulher, não menos complacente que o jesuíta, falou-lhe com maior clareza ainda:

— Qual, minha cara, os casos não se resolvem de outra maneira nesta corte tão amável, tão galante, tão afamada. Os mais medíocres e os mais importantes cargos são freqüentemente distribuídos pelo preço que agora exigem de ti. Ouve: soubeste inspirar-me confiança e amizade; confesso-te que, se eu tivesse sido tão inacessível quanto está sendo, meu marido não possuiria o insignificante posto que hoje lhe dá de comer. Ele sabe disso, e longe de se zangar, considera-me sua benfeitora, de cuja proteção depende. Pensas que todos esses que dirigem províncias, ou mesmo exércitos, devem suas honrarias e fortuna exclusivamente aos serviços prestados? Muitos devem tudo às suas esposas. As dignidades da guerra foram solicitadas pelo amor, e concedidas ao marido da mais apetitosa. Estás numa situação muito mais interessante. Precisas trazer para a luz o teu amante, e desposá-lo: é um dever sagrado que tens a cumprir. Ninguém censurou as belas e nobres senhoras de que te falei. Serás aplaudida, dir-se-á que só fraquejaste por excesso de virtude.

— Oh! Que virtude! Que labirinto de iniqüidades! Que país, e como aprendi a conhecer os homens! Um padre La Chaise e um ridículo magistrado aprisionam o meu amante, minha família me persegue, e só me estendem a mão neste desastre para me desonrar. Um jesuíta pôs a perder um ótimo rapaz, e outro jesuíta me quer perder. Estou cercada de armadilhas, e vou chegando ao instante em que morrerei de miséria! Preciso matar-me, ou falar ao rei. Jogar-me-ei aos seus pés quando passar, a caminho da missa ou do teatro.

— Não permitirão que te aproximes, e, se tiveres a infelicidade de falar, o senhor de Louvois e o padre La Chaise tratarão de enterrar-te para o resto dos teus dias no fundo de um convento.

Enquanto esta honesta criatura aumentava desse modo a perplexidade daquela alma em desespero e lhe enfiava o punhal no coração, chegou um correio do sr. de Saint-Pouange, com uma carta e dois lindos brincos. A Saint-Yves, chorando, jogou-os longe, mas a amiga apanhou-os.

Assim que o mensageiro partiu, a confidente leu a carta, na qual se convidavam as duas amigas para um jantarzinho à noite. A Saint-Yves jurou que não iria. A devota tentou experimentar-lhe os brincos de diamante. A Saint-Yves não o permitiu, e relutou o dia inteiro. Afinal, só pensando no amante, vencida, arrastada, não sabendo aonde a levavam, deixou-se conduzir ao jantar fatídico. Nada conseguiria resolvê-la a enfeitar-se com as jóias, mas a amiga as trouxe e colocou-as, apesar da sua repulsa, antes que o jantar começasse.

A bela Saint-Yves estava tão confusa e perturbada que se deixava beliscar, o que o subministro entendeu como prognóstico favorável. Lá pelo fim da refeição, a alcoviteira retirou-se discretamente.

O protetor exibiu então a revogação da carta régia que ordenara a prisão do Ingênuo, alvarás de considerável gratificação e de nomeação para o comando de uma companhia, e não poupou promessas. Disse-lhe a donzela:

— Ah! como eu vos amaria, se não quisésseis ser tão amado!

Afinal, após longa resistência, depois de muitos soluços, gritos e lágrimas, extenuada pelo combate, desatinada, desfalecendo, teve que entregar-se. Como último recurso, prometeu a si própria só pensar no Hércules Ingênuo enquanto o cruel estivesse impiedosamente gozando da posição em que se encontrava.

ELA LIBERTA O AMANTE E UM JANSENISTA

Ao nascer do dia ela correu a Paris, munida da ordem ministerial. É difícil descrever o que se passava em seu coração durante a viagem. Imagine-se uma alma virtuosa e nobre, humilhada pelo opróbrio, embriagada de ternura, confrangida por ter traído o amante, tomada pelo desejo de libertar o que adorava. Suas amarguras, seus combates, seu êxito ocupavam-lhe todas as reflexões. Já não era mais aquela moça simples de educação provinciana e idéias acanhadas: a infelicidade e o amor haviam-na transformado completamente. Sua sensibilidade progredira tanto quanto o raciocínio no espírito do infortunado amante. As mulheres aprendem mais rapidamente a sentir do que os homens a pensar. A aventura lhe fora mais instrutiva que quatro anos de convento.

Ia vestida com extrema simplicidade. Tinha agora horror aos trajes com os quais aparecera ao seu funesto benfeitor, e dera os brincos de diamante à alcoviteira, sem os olhar sequer. Ansiosa e perturbada, idolatrando o Ingênuo e odiando-se a si mesma, chegou afinal à porta.

"desse horrível castelo, onde a vingança mora,
onde tanta inocência ao pé do crime chora"[1]

Quando teve que descer da carruagem, faltaram-lhe as forças. Ajudaram-na, e pôde entrar, com o coração palpitante, úmidos os olhos e a fisionomia consternada. Apresentada ao governador da Batilha, quis falar-lhe, mas a voz expirou na garganta. Exibiu a ordem articulando apenas algumas palavras. O governador gostava do prisioneiro, ficou satisfeito com o seu livramento: não era como certos honrados carcereiros seus confrades, que,

---

1. *Henriade, canto IV:*
Tout lê senat enfin, par les seize enchainé,
A travers un vil people en triomphe est mené
Dans cet afreux château, palais de la vergeance,
Qui renferme souvent le crime et l´innocence.

só pensando na retribuição percebida pela guarda dos cativos, baseando seus rendimentos pelo número de vítimas e vivendo à custa da infelicidade alheia, sentem secreta e perversa alegria com as lágrimas dos desgraçados. Mandou chamar o prisioneiro.

Ao se verem, os dois amantes desmaiaram. A bela Saint-Yves ficou durante muito tempo sem vida; o Ingênuo logo voltou a si. Disse-lhe o governador:

— Essa é tua mulher, não é? Não me havias dito que eras casado. Contam-me aqui que deves a liberdade aos seus generosos esforços.

— Ah! não sou digna de ser tua esposa!

Foi o que disse a formosa Saint-Yves em voz trêmula. E desmaiou novamente. Quando recuperou os sentidos, apresentou, sempre titubeante, o alvará de gratificação, e a promessa por escrito do comando de uma companhia. O Ingênuo, tão admirado quanto comovido, despertava de um sonho para cair em outro:

— Por que me deixaram aqui preso? Como pudeste dar-me liberdade? Onde estão os monstros que me sepultaram nesta masmorra? És uma divindade, desceste do céu para me salvar!

A linda Saint-Yves baixava os olhos, fitava o amante, corava e os escondia logo depois, úmidos de pranto. Contou-lhe, afinal, tudo o que sabia e o que sofrera, com exceção daquilo que gostaria de apagar para sempre, e que um outro qualquer, mais vivido e ao par das usanças da corte, teria adivinhado facilmente.

— Será possível que um miserável indivíduo como o juiz tenha tido força para me roubar a liberdade? Ah! vejo agora que os homens são como os mais vis animais: todos podem fazer mal. Mas será possível que um monge, um jesuíta confessor do rei, tenha contribuído para o meu infortúnio juntamente com esse magistrado? Não compreendo sob que pretexto esse destestável maroto me perseguiu. Disse que eu era jansenista? Afinal, como foi que te lembraste de mim? Eu não o merecia, pois era apenas um selvagem. E pudeste sem conselhos, sem auxílios, viajar até Versalhes! Aí apareceste, e quebraram-se as cadeias que me prendiam! Existe, então, na beleza e na virtude um poder invencível, que derruba portas de ferro e enternece corações de bronze?

Ao escutar a palavra "virtude", a bela Saint-Yves deixou escapar alguns soluços. Ela não avaliava o quanto era virtuosa, mesmo na falta que se censurava. Seu amado assim prosseguiu:

— Anjo que rompeste os meus grilhões, já que tiveste (o que ainda não compreendo) suficiente prestígio para obrigá-los a me fazer justiça, intercede também por um ancião que foi o primeiro a me revelar a inteligência, assim como foste a primeira a me desvendar o amor. A calamidade uniu-nos: amo-o como a um pai, não saberia viver sem ti e sem ele.

— Eu? Ter que implorar novamente ao homem que...

— Sim, quero dever-te tudo, e tudo, somente a ti. Escreve a esse poderoso fidalgo, cumula-me de alegrias, termina o bem que iniciaste, completa os teus prodígios!

Sentindo que deveria fazer tudo o que o amante lhe exigisse, tentou escrever, mas a mão não obedeceu. Recomeçou a carta três vezes, e três vezes a rasgou. Conseguiu, afinal concluí-la, e os dois amantes partiram, depois de terem beijado o velho mártir da graça eficaz.

A feliz e desconsolada Saint-Yves sabia onde se hospedara o irmão. Lá foi, e o Ingênuo tomou aposentos na mesma casa.

Nem bem tinham chegado, e já seu protetor lhe enviava a ordem de soltura do bondoso Gordon, pedindo-lhe uma entrevista para o dia seguinte. Assim, a sua desonra era o preço de cada ação honesta e generosa que praticasse. Tinha horror a esse sistema de vender a desgraça e a felicidade dos homens: deu ao amante a ordem de soltura, e recusou a entrevista do benfeitor, que não poderia rever sem morrer de vergonha e de dor.

O Ingênuo só podia separar-se dela para ir libertar um amigo: para lá voou. Cumpriu esse dever refletindo sobre os estranhos acontecimentos deste mundo, e admirando a corajosa virtude de uma donzela, a quem dois infelizes deviam mais do que a vida.

O INGÊNUO, A BELA SAINT-YVES E SEUS PARENTES SE REÚNEM

A generosa e respeitável infiel achava-se junto ao irmão, ao bom prior da Montanha e à senhorita de Kerkabon. Todos estavam comovidos, mas eram bem diferentes os seus sentimentos e situação. O reverendo de Saint-Yves chorava seus remorsos aos pés da irmã, que lhe perdoava. O prior e a senhorita de Kerkabon também choravam, mas de alegria. O malvado juiz e o pateta do filho não perturbavam esta cena tocante: haviam partido, ao primeiro rumor de libertação do Hércules, escondiam lá na província a sua estupidez e pusilanimidade.

Os quatro personagens, agitados por cem movimentos diversos, esperavam que o rapaz voltasse com o amigo que fora libertar. O reverendo de Saint-Yves não ousava levantar os olhos diante da irmã. A bondosa Kerkabon dizia:

— Pois vou rever o meu querido sobrinho!

E a encantadora Saint-Yves:

— Irá vê-lo, mas já não é o mesmo homem. Seu aspecto, seu tom, suas idéias, seu espírito, tudo está diferente. Tornou-se tão respeitável quanto era simplório. Há de ser a honra e a consolação da sua família. Ai! Quem me daria poder ser a felicidade da minha!

— A senhorita também já não é a mesma. Que lhe aconteceu, que está tão mudada?

No meio da conversa chegou o Ingênuo, trazendo o seu jansenista pela mão. A cena ficou então mais interessante e inédita. Começou pelos afetuosos abraços do tio e da tia. O reverendo de Saint-Yves quase se pôs aos pés do Ingênuo, que já não era mais ingênuo. Os dois amantes falavam-se por olhares, que exprimiam todos os sentimentos de que estavam possuídos. Via-se brilhar alegria e gratidão, no rosto dele; perplexidade e ternura meio hesitante, no dela. Espantavam-se por vê-la misturar a tristeza com tão grande satisfação.

O velho Gordon ficou logo estimado de toda a família. Fora infeliz ao lado do jovem prisioneiro, o que era enorme credencial. Devia a liberdade aos dois apaixonados, e só isso já o reconciliava com o amor. Saíra do seu coração o carrancismo das antigas opiniões: tinha-se humanizado, como o hurão.

Cada qual contou suas aventuras antes da ceia. A tia e os dois párocos ouviam, como crianças escutando histórias de assombração. Gordon suspirou:

— Ai de nós! Por infelicidade, existem ainda mais de quinhentas pessoas honestas presas pelos mesmos grilhões que a senhorita de Saint-Yves rompeu: sua desgraças são ignoradas. Encontram-se muitas mãos que açoitam a turba dos infortunados, e bem poucas que a socorrem.

Esta reflexão tão verdadeira aumentou-lhe a sensibilidade e o reconhecimento. Tudo realçava o triunfo da bela Saint-Yves; admiravam a nobreza e a energia da sua alma. A admiração vinha misturada com um pouco desse respeito que sentimos, sem querer, pelas pessoas que julgamos gozar de prestígio na corte. Mas o reverendo de Saint-Yves indagava de vez em quando:

— Mas que fez minha irmã para obter tão rapidamente esse prestígio?

Já iam indo para a mesa, quando chegou a boa amiga de Versalhes, sem saber nada do que se tinha passado, numa carruagem puxada por seis cavalos: todos perceberam de quem era a equipagem. Entrou com o ar imponente de uma pessoa da corte que vem tratar de importantes negócios, fez breve cumprimento coletivo, e puxando a bela Saint-Yves para o lado:

— Por que te fazes rogada? Segue-me, ele te espera. Trouxe-te os diamantes que havias esquecido.

Não pôde dizer estas palavras tão baixo que o Ingênuo não as escutasse. Viu os diamantes, e o reverendo Saint-Yves ficou perplexo. O tio e a tia só sentiram a surpresa das pessoas simples, que nunca tinham visto tal magnificência. O rapaz, que se instruíra por um ano de reflexões, fez algumas, contra a vontade, que o deixaram um momento perturbado. Sua noiva notou isso tudo, e palidez mortal lhe invadiu o rosto formoso, um tremor a percorreu, e mal se susteve em pé:

— Ah! A senhora me perdeu, e agora está me matando!

Essas palavras feriram o coração do Ingênuo. Mas como já aprendera a dominar-se não se deu por achado, temendo comprometê-la diante do irmão. Só empalideceu. A Saint-Yves, desesperada com a alteração que notara na fisionomia do amado, arrastou a mulher para fora da sala, e num corredorzinho atirou os diamantes ao chão:

— Bem sabe que não foram eles que me seduziram, e o infame que mos ofereceu nunca mais me verá.

A alcoviteira ia apanhando as pedras, e ela prosseguindo:

— Que ele os guarde para si, ou lhes dê de presente. E agora, volte, não me deixe ainda mais envergonhada de mim mesma.

A embaixadora afinal partiu, sem compreender os remorsos que testemunhara.

72

A bela Saint-Yves, oprimida, experimentando no corpo uma revolução que a sufocava, foi obrigada a ir deitar-se. Para não alarmar ninguém, não contou o que a atormentava, pretextou apenas cansaço, e pediu licença para repousar. Mas antes serenou a todos com palavras consoladoras e carinhosas, e derrubou sobre o amante olhares tais que lhe levaram fogo à alma.

A ceia, sem a sua animação, foi triste a princípio, mas dessa tristeza interessante que provoca palestras fascinantes e úteis, superiores à tão procurada alegria, que muitas vezes não passa de importuno rumorejar.

Em poucas palavras, Gordon fez o histórico do jansenismo e do molinismo, e das perseguições com que um partido oprimia o outro, e da obstinação de ambos. O Ingênuo criticou-os, lamentando que os homens, insatisfeitos com as discórdias suscitadas pelos seus interesses, ainda arranjassem novas disputas por quimeras e por absurdos ininteligíveis. Gordon narrava, e o Ingênuo fazia a crítica. Os convivas escutavam com emoção, esclarecidos por novos conhecimentos. Falaram da duração dos infortúnios e da brevidade da vida. Houve quem notasse que cada profissão tem seus vícios e perigos peculiares e que, desde o príncipe até o último dos mendigos, tudo parece acusar a natureza. Como podem existir tantos homens que, por tão pouco dinheiro, sirvam de perseguidores, de capangas e de carrascos dos outros? Com que desumana indiferença os homens de governo decretam a destruição de uma família, e com que alegria mais bárbara ainda a executam os mercenários!

O bondoso Gordon contou o seguinte fato:

— Na minha mocidade, conheci um parente do marechal Marilac que, sendo perseguido na província por causa desse ilustre desafortunado, se escondia em Paris com um nome suposto. Era um ancião de setenta e dois anos. Sua mulher, que o seguia, contava mais ou menos a mesma idade. Tinham um filho libertino, que, com quatorze anos, fugira da casa paterna e se fizera soldado, depois desertara, e havia passado por todos os graus da miséria e da devassidão. Afinal, assinando um apelido qualquer, entrou no corpo de guardas do cardeal Richelieu (esse sacerdote, como também Mazarino, tinha guardas), conseguindo um posto de segundo tenente dessa companhia de esbirros. Este aventureiro foi encarregado de prender o ancião e a mulher, o que fez com toda a inclemência de um homem que deseja agradar o amo. Quando os conduzia, ouviu as duas vítimas deplorarem a longa série de infelicidades por que haviam passado desde o berço. O pai e a mãe consideravam como dos seus maiores infortúnios a fuga e os desatinos do filho. Este reconheceu-os, e nem por isso deixou de levá-los à prisão, asseverando-lhes que Sua Eminência devia ser servida antes de tudo. Sua Excelência recompensou-lhe o zelo. Já vi um espião do padre La Chaise trair o próprio irmão na esperança de um pequeno favor, que não obteve; e vi-o morrer, não de arrependimento, mas de raiva por ter sido enganado pelo jesuíta. O emprego de confessor, que durante muito tempo ocupei, deu-me a conhecer a intimidade das famílias. Não vi uma só que não estivesse mergulhada no desespero, enquanto por fora, cobertas pela máscara da alegria, aparentavam nadar em felicidade. E reparei que as grandes tristezas eram sempre o fruto de desenfreada cupidez.

O Ingênuo declarou:

— Quanto a mim, penso que uma alma nobre, grata e sincera pode viver feliz. E espero desfrutar felicidade ininterrupta com a bela e generosa senhorita de Saint-Yves.

E dirigindo-se ao irmão, com sorriso amistoso:

— Pois suponho que ela não me será recusada, como há um ano atrás; quanto a mim, prometo comportar-me de modo mais decente.

O reverendo de Saint-Yves confundiu-se em desculpas pelo passado e em protestos de terna amizade.

O tio Kerkabon afirmou que seria o mais belo dia da sua vida. A bondosa tia, extática e chorosa de contentamento, exclamava:

— Bem te dizia eu que nunca serias subdiácono! Este sacramento vale muito mais que o outro, pena é Deus não me haver querido honrar com ele! Mas servir-te-ei de mãe.

Recomeçaram então a elogiar a meiga Saint-Yves. O noivo tinha o coração ainda cheio do que ela fizera por ele, amava-a demais para que o caso dos diamantes pudesse exercer influência preponderante sobre o seu coração. Mas as palavras que tivera a infelicidade de ouvir, "a senhora está me matando", ainda o horripilavam secretamente, e lhe destruíam a alegria, enquanto os elogios à bem-amada mais lhe aumentavam o amor.

Afinal, só se falava nela, e na ventura que mereciam os dois amantes. Combinaram morar todos juntos em Paris, fazendo planos de fortuna e de melhoria. Entregavam-se a todas essas esperanças que nascem tão facilmente ao menor aceno da felicidade. Mas o Ingênuo, no fundo da alma, guardava um pressentimento que afastava essa ilusão. Releu as promessas assinadas por Saint-Pouange, e os alvarás por Louvois. Pintaram-lhe esses dois homens tais quais eram, ou como julgavam que fossem. Cada qual falou dos ministros e dos ministérios com essa liberdade de linguagem, que é considerada em França a mais preciosa liberdade que se possa possuir na terra. Disse o Ingênuo:

— Se eu fosse rei da França, nomearia ministro da guerra um homem de boa estirpe, para poder dar ordens à nobreza; exigiria que tivesse sido oficial, que houvesse servido em todos os postos, que fosse aos menos tenente do exército, e digno de ser marechal de França; acho indispensável que tenha feito a carreira militar, pois conheceria melhor os detalhes do serviço. E os oficiais não obedecerão com alegria cem vezes maior a um homem de guerra, que tenha demonstrado coragem como eles, do que a um rato de gabinete, que no máximo poderá adivinhar as operações de uma campanha, e isso mesmo se for muito inteligente? Eu não ficaria aborrecido se meu ministro fosse generoso, embora isso deixasse em dificuldades, algumas vezes, o tesoureiro real. Gostaria que trabalhasse com facilidade, e até que se distinguisse pela bonomia, privilégios dos homens superiores às preocupações, qualidade que tanto agrada a nação, tornando menos penosos todos os deveres.

O Ingênuo desejava que o ministro tivesse esse temperamento, porque notara sempre que o bom humor é incompatível com a crueldade. O senhor de Louvois não ficaria, talvez, muito satisfeito com os votos do Ingênuo, pois era bem diferente o seu mérito.

Mas enquanto ceavam, a moléstia da infeliz moça tomava caráter funesto. O sangue se escaldara, uma febre devorante se tinha declarado, e ela sofria sem um queixume, para não perturbar a alegria dos convivas.

O irmão, percebendo que ela não dormia, chegou à beira da sua cama, e ficou surpreso com o estado em que a encontrava. Todo o mundo apareceu, o amante apresentou-se logo em seguida ao irmão. Era sem dúvida o mais alarmado e enternecido de todos, mas aprendera a unir a discrição aos outros dotes com que a natureza o prodigalizara, e o sentimento do decoro já lhe dominava o espírito.

Mandaram imediatamente chamar um médico da vizinhança. Era um dos tais que visitam os doentes afobadamente, confundindo a moléstia que acabaram de tratar com a que estão tratando, que praticam às tontas uma ciências da qual mesmo um discernimento são e refletido não afasta as incertezas e perigos. Agravou o mal com a precipitação de receitar um remédio da moda. Moda até na medicina! Essa mania era muito comum em Paris.

A triste Saint-Yves contribuía ainda mais que o médico para o recrudescimento da moléstia. A alma matava o corpo. A multidão de idéias que a agitava trazia às suas veias um veneno mais perigoso que o da mais calcinante febre.

A BELA SAINT-YVES MORRE, E O QUE DISSO RESULTA

Chamaram outro médico, que em vez de auxiliar a natureza, deixando-a agir numa pessoa em quem todos os órgãos lutavam pela vida, só se preocupou em contradizer o colega. A moléstia tornou-se fatal em dois dias. O cérebro, que se tem como sede da inteligência, foi atacado tão violentamente quanto o coração, que é, segundo dizem, a sede das paixões.

Que incompreensível mecanismo submete os órgãos ao sentimento e ao raciocínio? Como pode um único pensamento perturbar todo o curso do sangue? E como é que o sangue, por sua vez, leva suas impurezas à inteligência? Que fluido desconhecido é esse, cuja existência é certa, que, mais rápido, mais ativo que a luz, voa, num piscar de olhos, em todos os canais da vida produz as sensações, a memória, a tristeza ou a alegria, a consciência ou a vertigem, lembra com horror o que se desejaria esquecer, e faz do animal pensante um objeto de admiração ou um motivo de lágrima e piedade?

Era o que se dizia o bom Gordon. E essa reflexão natural, que os homens fazem tão raramente, em nada lhe diminuía a compaixão, pois não era desses desgraçados filósofos que se esforçam por ser insensíveis. Estava comovido com a desdita daquela jovem, como o pai que vê morrer lentamente a filha querida. O reverendo de Saint-Yves, desesperava-se, o prior e a irmã choravam sem parada. Mas, quem poderia descrever a aflição do amante? Nenhuma língua tem expressões que equivalham àquele auge de sofrimento: as línguas são muito imperfeitas.

A tia, quase sem vida, amparava a cabeça da agonizante com os braços frágeis. O irmão ajoelhava-se ao pé do leito. O amado acariciava-lhe a mão, que banhava de pranto, e começava a soluçar; chamava-a sua benfeitora, sua esperança, sua vida a metade de si próprio, sua amante, sua esposa.

Ao escutar esta palavra ela suspirou, fitou-o com inexprimível ternura e soltou um grito de horror; depois, num desses intervalos em que a prostração, a opressão dos sentimentos e as torturas morais devolvem à alma liberdade e força, exclamou:

— Eu, tua esposa? Ah! querido amante, esse nome, essa ventura, essa recompensa já não são para mim. Vou morrer, e bem o mereço. Oh! Senhor de meu coração! oh! Tu que troquei pelos demônios infernais, está acabado, sou castigada, vive feliz!

Estas afetuosas e terríveis palavras não puderam ser compreendidas, mas levaram a cada alma o receio e a piedade: ela teve a coragem de explicá-las. Cada palavra sua provocou arrepios de espanto, de mágoa e de dó em todos os presentes. Todos detestaram esse homem poderoso, que reparara uma injustiça com um crime, e que forçara a mais respeitável inocência a servir-lhe de cúmplice. Disse o Ingênuo à noiva.

— Você, culpada? Não, não é verdade. O crime só existe no coração, e o seu pertence à virtude e a mim.

E confirmou esse sentimento por palavras que pareceram trazer novamente à vida a formosa Saint-Yves, que se sentia agradecida, e se admirava de ser amada ainda. O velho Gordon a teria condenado no tempo em que era apenas jansenista; mas agora, que era um sábio, lamentava-a e chorava.

No meio de tantas lágrimas e apreensões, enquanto o perigo que corria a Saint-Yves preocupava todos os corações, anunciam um correio da corte.

— Um correio! E de quem? E para quem?

Era para o prior da Montanha, da parte do confessor do rei. Quem escrevia não era o padre La Chaise, mas o irmão Vadbled, seu camareiro, homem muito importante na ocasião, que transmitia aos arcebispos as resoluções do reverendo padre, que dava audiência, que prometia benefícios, que mandava expedir, algumas vezes, até ordens régias. Escrevia ele ao prior da Montanha:

"Que Sua Reverendíssima fora informada das aventuras do seu sobrinho, que houvera um equívoco quanto à sua prisão, que tais pequenos aborrecimentos acontecem freqüentemente, que não fizesse caso; que o convidava a lhe apresentar o sobrinho no dia seguinte e que ele, irmão Vadbled, os levaria a Sua Reverendíssima e ao senhor de Louvois, o qual lhe diria duas palavras na sua antecâmara".

E acrescentava que a história do Ingênuo e do seu combate contra os ingleses havia sido contada ao rei, que certamente se dignaria notar sua pessoa quando atravessasse a galeria, e talvez até lhe fizesse um sinalzinho com a cabeça. Terminava a carta dando a esperança de que todas as damas da corte convidariam o sobrinho para assistir ao seu toucado, e algumas chegariam mesmo a dizer-lhe "bom dia, sr. Ingênuo", e que certamente falariam nele à ceia real. A carta assim vinha assinada: "Vosso afeiçoado amigo Vadbled, irmão jesuíta".

O prior leu a carta em voz alta. O sobrinho estava furioso, mas, dominando a cólera, nada disse ao mensageiro; dirigindo-se ao companheiro de infortúnio, perguntou-lhe que pensava do estilo.

— Tratam os homens como macacos: primeiro os espancam e depois os fazem dançar.

O Ingênuo, dando expansão ao temperamento, que volta sempre nos grandes ímpetos da alma, rasgou a carta em pedacinhos e jogou-os à cara do correio:

— Eis minha resposta.

O tio Kerkabon, espavorido, julgou ver o raio e vinte ordens reais caírem sobre si. Apressou-se em escrever, desculpando quanto podia o que considerava um arrebatamento da juventude, e que era apenas a exteriorização de um grande caráter.

Mas cuidados mais dolorosos ocupavam todos os corações. A bela e desventurada Saint-Yves sentia aproximar-se o fim. Estava serena, com essa horrível serenidade da natureza prostrada, já sem forças para combater. Em voz declinante, murmurou:

— Oh! Meu caro amado, a morte me pune pela minha fraqueza, mas expiro com o consolo de te ver em liberdade. Eu te adorei mesmo traindo-te, e te adoro ao dizer o adeus eterno.

Ela não simulava energia, não, pois não admitia essa miserável glória de dar a algumas vizinhas a oportunidade de dizer "morreu corajosamente". Quem pode perder aos vinte anos o amante, a vida e o que chamam de "honra" sem lamentos e tristezas? Sentia todo o horror da sua situação, e demonstrava-o com essas palavras e olhares agonizantes que falam tão eloqüentemente. E chorava como os outros, nos momentos em que tinha forças para o fazer.

Que façam o elogio da morte faustosa daquelas que entram em destruição com insensibilidade: é o destino de todos os animais. Nós só morremos como eles, indiferentemente, quando a idade ou a moléstia nos igualou pela estupidez dos órgãos. Quem sofre grande perda experimenta enorme pesar, e, se o esconde, é porque carrega vaidade até nos braços da morte.

Quando chegou o momento fatal, todos os assistentes choraram. O Ingênuo perdeu os sentidos. As almas fortes têm sentimentos bem mais profundos que as outras, quando afetuosas. O bom Gordon conhecia-o bastante para temer que, ao voltar a si, tentasse matar-se. Esconderam todas as armas, o que o infeliz rapaz notou; disse aos parentes e a Gordon, sem chorar, sem gemer, sem se alterar:

— Pensam então que existe alguém na terra com o direito de me impedir que termine a minha vida?

Gordon evitou exasperá-lo com esses fastidiosos lugares-comuns, com os quais procuram provar que não nos é permitido usar do direito de morrer quando nos sentimos horrivelmente mal, que não devemos sair de casa quando nela já não agüentamos ficar, que o homem está na terra tal qual o soldado em seu posto: como se ao Ser dos seres interessasse que um conglomerado de partículas de matéria estivesse neste ou naquele lugar. Razões impotentes, que um desespero firme e refletido desdenha ouvir, e às quais Catão respondeu por uma punhalada.

O terrível silêncio do Ingênuo, seus olhos sombrios, seus lábios trêmulos, os frêmitos de seu corpo levavam ao coração de todos os que o viam esse misto de compaixão e de pavor, que petrifica todas as forças da alma, dispensa comentários e só se manifesta por palavras entrecortadas. Temia-se o seu desespero, era vigiado, e observavam-lhe todos os movimentos. O corpo frio da bela Saint-Yves foi levado para uma sala baixa, longe dos olhos do amante, que parecia procurá-la ainda, embora não estivesse mais em condições de enxergar o que se passava em torno.

No meio desse espetáculo de morte, enquanto o corpo era exposto à porta da casa, enquanto dois padres ao lado de uma pia engrolavam preces em ar distraído, enquanto alguns passantes, por desfastio, jogavam gotas de água benta sobre o caixão, enquanto outros seguiam seu caminho com indiferença, enquanto os parentes choravam, e enquanto o amante estava prestes a suicidar-se, Saint-Pouange chegou de Versalhes com a alcoviteira.

Seu capricho, por ter sido satisfeito apenas uma vez, tornara-se amor. A recusa dos presentes o irritara. O padre La Chaise nunca pensaria em ir àquela casa mas Saint-Pouange, tendo diariamente diante dos olhos a imagem da bela Saint-Yves, ansioso por saciar a paixão que, com um gozo único, espetara em sua carne o espinho dos desejo, não titubeou em vir pessoalmente buscar a que não quereria talvez ver três vezes, se ela tivesse vindo por si própria.

Desceu da carruagem. O primeiro objeto que enxergou foi um ataúde: virou os olhos com o nojo do homem cevado pelos prazeres, que pensa lhe deverem ser poupados todos os espetáculos que possam trazê-lo à contemplação da miséria humana. Fez menção de partir A confidente de Versalhes perguntou, por curiosidade, quem iam enterrar. Pronunciaram o nome da senhorita de Saint-Yves; ao escutar esse nome, empalideceu e soltou horrível grito. Saint-Pouange voltou-se, com surpresa e dor estampadas na fisionomia.

O bondoso Gordon ali estava, com os olhos úmidos de pranto. Interrompeu suas tristes preces para narrar ao cortesão a horrível catástrofe. Falou-lhe com a ascendência que dão a virtude e a mágoa. Saint-Pouange não nascera mau; a torrente dos negócios e dos divertimentos havia arrastado a sua alma, que ainda se desconhecia. Não estava próximo da velhice que, de ordinário, endurece o coração dos ministros. Ouvia Gordon de olhos baixos, e enxugava lágrimas, que se admirava de verter: conheceu o arrependimento.

— Faço questão de conhecer esse homem extraordinário de que me falais, pois me comove quase tanto quanto esta inocente vítima cuja morte causei.

Gordon acompanhou-o até o quarto em que o prior, a Kerkabon, o reverendo de Saint-Yves e alguns vizinhos reanimavam o jovem, que desmaiara. Disse-lhe o subministro:

— Fiz a tua desgraça, e quero empregar minha vida reparando-a.

A primeira idéia que teve o Ingênuo foi de matá-lo, e de matar-se em seguida; nada seria mais justo. Mas estava desarmado, e vigiavam-no estreitamente. Saint-Pouange não esmoreceu com as recusas, acompanhadas pela censura, pelo asco e pelo desprezo que merecia, e que lhe prodigalizaram.

O tempo tudo acalma. O senhor de Louvois ainda pôde fazer um ótimo oficial do Ingênuo, que apareceu sob outro nome em Paris e no exército, com a aprovação de todas as pessoas honestas, e foi ao mesmo tempo um guerreiro e um filósofo intrépido.

Nunca falava nesta aventura sem soluçar. E no entanto, sua consolação era essa: evocá-la. Adorou a memória de sua meiga Saint-Yves até o último momento de vida.

O reverendo de Saint-Yves e o prior receberam ótimos benefícios.

A bondosa Kerkabon preferiu ver o sobrinho nas honras militares do que no subdiaconato.

A devota de Versalhes ficou com os brincos de diamante e ainda ganhou lindo presente.

O padre Tudo-a-todos recebeu caixinhas de chocolate, de café, de açúcar-cândi, de laranjas cristalizadas, com as "Meditações do reverendo padre Croiset" e o "Flos Sanctorum" encadernado em marroquim.

O bom Gordon, até a sua morte, viveu na mais íntima amizade com o Ingênuo. Também ganhou um benefício, e esqueceu para sempre a graça eficaz e o concurso concomitante. Tomou por divisa: "Para alguma coisa serve a desgraça".

Quantas pessoas neste mundo não poderão dizer: "A desgraça não serve para nada!"

A presente edição de O INGÊNUO de Voltaire é o Volume de número 3 da Coleção Excelsior. Capa Cláudio Martins. Impresso na Líthera Maciel Editora e Gráfica Ltda., à rua Simão Antônio 1.070 - Contagem, para a Editora Itatiaia, à Rua São Geraldo, 67 - Belo Horizonte - MG. No catálogo geral leva o número 00997/7B. ISBN. 85-319-0678-4.